kimimaro
illustration フミオ
少女は進化したい！
1
don't care about eating zombie.

最弱
骨
強くなれるならゾンビだっていーゾる!
f evolution! if I got more strong

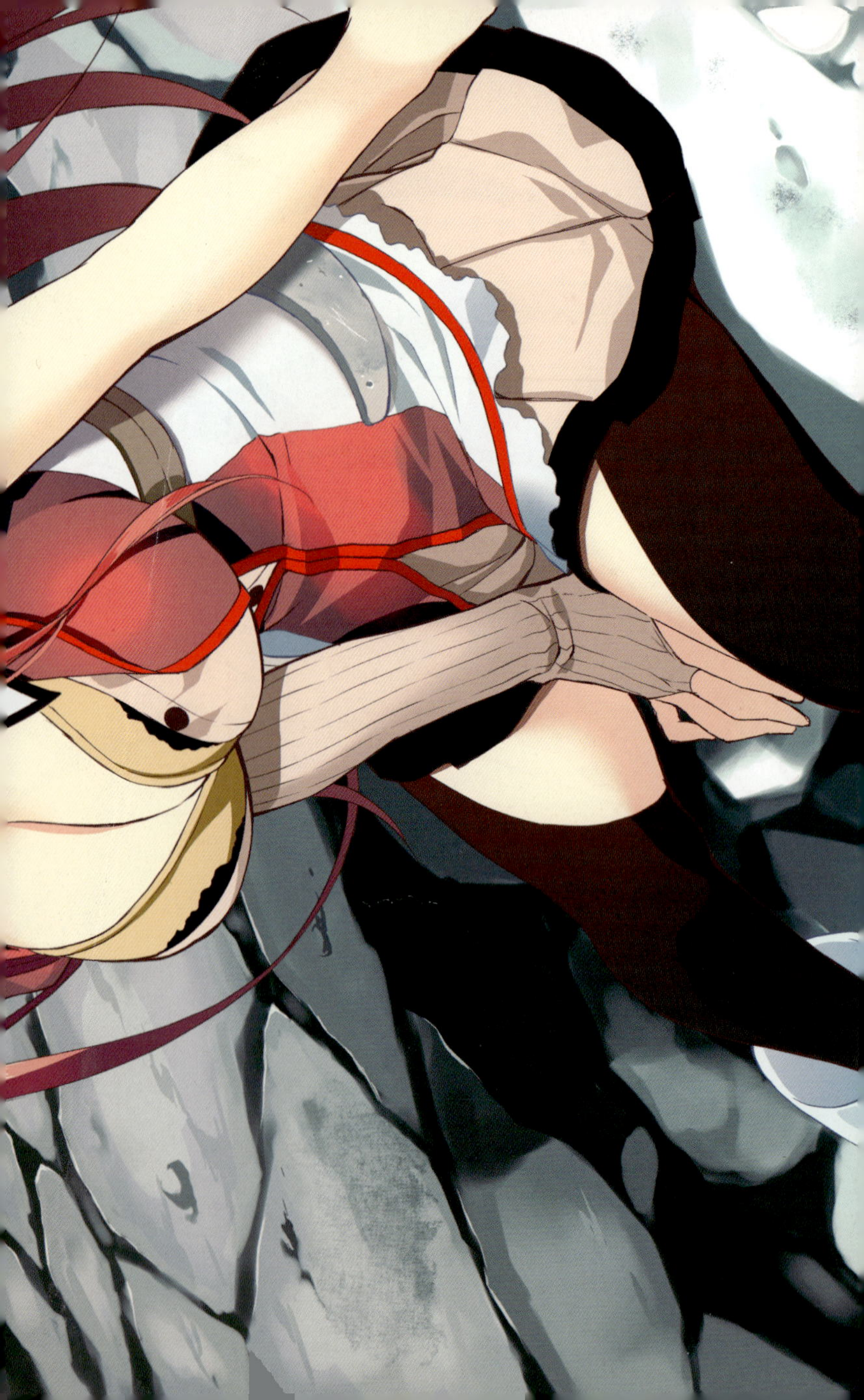

The skeleton girl is ambiti

最弱骨少女は進化したい！ 1

強くなれるならゾンビだってかじる！

kimimaro

illustration フミオ

The skeleton gir is
ambitious of evolution!
if I got more strong,
don't care
about eating zombi

目次

プロローグ　貴族なんて大っ嫌い

とてもいい仕事だと、引き受けた時は思った。

さる御令嬢の影武者となり、王都からポーヤンまで馬車で三日ほど揺られて行くだけで金貨十枚。

途中で『敵対勢力』から襲撃される可能性は高いが、腕利《うでき》きの護衛を雇っているのでまず危険はないという話であった。

三日で金貨十枚、すなわち一日で金貨三枚とちょっと。

ざーっと考えて、そこらでせこせこゴブリンやスライムつぶしをしているよりも軽く十倍は稼げるッ！

傲慢でタカビー全開なアバズレ——ごほん、わがままな御令嬢の代わりをさせられると聞いた時には腹が立ったが、金貨を見せられたらそんな気持ちはすぐに吹っ飛んだ。

やっぱ、世の中持つべきものはお金よね!!

金の力って素晴らしい！

……しかしまあ、そうそう美味《おい》しい話というのは転がっていないらしい。

私の予想が甘かった。

あっさり叩きのめされてしまった護衛達を前に、私は世の中の厳しさを噛《か》みしめる。

数の少ない女冒険者だからって、たかだかDランク《ニュービー》にこーんな旨《うま》い話が来ること自体がおかしかったのだ。

甘かった。

私の予想は、砂糖のかたまりなんかよりもよーっぽど甘かった！


「敵対勢力って、これさァ……！」

敵軍の威容に、ため息を通り越して呆れた声が漏れる。

ピカピカ光って高級感たっぷりの総ミスリル製と思しき装備。

王子様でもまたがっていそうな、気品に溢れたお馬さん。

胸元に揃いの紋章を掲げたその一団は、どう見てもそこらの山賊じゃない。

正規の騎士団だ。

それも、頭に近衛とか王都とか付く類のエリート様。

「ルミーネ・フェル・パルドール!!　第二王子アンドレ閣下の命により、そなたの身柄を確保させていただく！　大人しく従うのだ！」

「そんなこと言ったところで、誰が大人しくするもんかっての！　だいたい、私がルミーネじゃないことぐらいは顔見れば分かるでしょうが！」

「いや、間違いなくそなたはルミーネだ！　凶暴そうな顔立ち！　血に飢えたような赤髪！　詰め物たっぷりの偽乳！　人相書きの特徴とすべて一致する！」

男はザッと丸められた羊皮紙を開いて見せる。

そこにはヘッタクソな筆致で、私には似ても似つかない女の絵が描かれていた。

どこをどう見れば、こんな高慢ちきな女と聖女のような顔立ちの私が一致してしまうのか！

この男の眼は、穴のある女なら何でも同じに見えるオークあたりと変わらんらしいわね。

「どこがじゃ！　だいたい、あのわがままお嬢の見栄っ張りと違って私のはぜーんぶ本物よ！」

「嘘を言うな！　その年と身長でそんなに胸がデカいわけがない！」

「こんな時に嘘つくか！」

そう言うと、冷汗をかきながら周囲を見渡す。

軽口を叩いてはいるが、実際のところ状況はかなーり悪い。

私の立っている場所は、国境沿いの山岳地帯を貫く細く寂しい一本道。

既に三方を騎士で固められ、残りの一方は崖に面している。

ちらりと足元を見てみれば、崖はそのまま深い谷へと通じていて、半端な高さではない。

落ちれば死ぬどころか、身体がバラッバラになりそうだ。

いわゆる絶体絶命って状態だね、これは。

さ、さすがに洒落にならないわ！

「……ね、ねえ。少し話し合わない？　話せば人間、意外と分かり合えると思うのよ。たとえあんたの眼がオークレベルの節穴だったとしても、ちゃーんとコミュニケーションを取れば令嬢との違いは絶対分かるはずだわ。だってさ、私みたいな口の悪い令嬢が居るわけないじゃない！」

「問答無用だ。お前にはここで事故死してもらうことになっている」

「……事故死？」

事故という言葉に引っかかりを感じて、口元が歪む。

すると男は、私の戸惑いを楽しむかのように笑った。

……オッケー、だいたい見当がついた。

あの腐れお嬢、とんでもないこと考えたもんだわ！

「そういうこと。御令嬢の代わりに私がここで死んで、今回の一件は終了。生き延びた令嬢は隣国あたりで楽しく暮らして、あんたらはパルドール家からたーっぷりと礼金を貰ってウッハウハ。そういう筋書きなわけね」

「なかなか勘が良いじゃないか。私は平民出で、出世するには金が要るのでな」

「きったない金で出世したところで、後で虚《むな》しくなるだけじゃない？」

「ふん、世の中は権力を握ったものが勝ちなのだよッ！」

剣が閃《ひらめ》く。

抜き放たれた白刃が、末広がりなスカートの端を切り裂いた。

なかなか――いや、相当に速い動き。

平民から騎士へとのし上がったという実力は、どうやら本物らしい。

悪人の癖に、中途半端にお強いことで。

「やるわね！　あんた、そんだけの腕があるならまともなやり方で出世を目指したら！」

「騎士団はなあ！　そんなに甘い世界ではないんだよッ！」

「そうッ！　だからって、それに付き合う義理は私にはないッ！」

いざという時のために、スカートの下に忍ばせておいた短剣。

それを抜いて構えると、男の攻撃をどうにか流す。

重い。

恵まれた体格から繰り出される一撃は、女の私では支えるのがやっとだ。

さらに他の騎士まで加勢してくるので、あっという間に追い込まれていく。

「一人相手にみんなで攻撃って、あんたらにはプライドってもんがないわけ！」

「勝てばいいのだ！」

「そりゃそうね！　私が悪かったわ！　なら――これでどうよッ！」

胸元に忍ばせた小袋を取り出すと、中身を容赦なくぶちまける。

乾燥した赤色の粉末が、煙のように広がった。

まともにそれを喰らった騎士団は、皆、眼を押さえて苦しがる。

見たか、これが必殺の唐辛子よッ！

「おのれ……！　小賢《こざか》しい真似を……！」

「勝てばいいのよ！　じゃあね！」

停《と》めてあった白馬を奪うと、すぐさまハイヤッと手綱を打つ。

高らかに嘶《いなな》いた馬は、私の求めに応じて勢いよく駈けだした。

タカッタカッと心地よい蹄鉄の音が響き、見る見るうちに騎士たちが遠ざかっていく。

「ひゃっふぅ！　良い馬じゃない、報酬はこれで勘弁しておいてあげるわ！」

金の代わりに、なかなかの名馬を手に入れて上機嫌の私。

ちょうど下り坂なのをいいことに、そのままグングンと速度を上げて騎士団を引き離しにかかる。

だがここで――。

「流星号、にんじんだぞッ！」

騎士の一人が、懐からにんじんを取り出して投げる。

それが視界に入った瞬間、馬の眼の色が変わった。

いきなり発情期でも来たかのように鼻息を荒くした馬は、飛んでいくにんじんを捕らえようと無理に体を持ち上げて――。

「ああッ!!!!」

前言撤回、こいつ半端ないバカ馬だッ‼
背中から振り落とされた私はそのままなすすべもなく奈落の底へと吸い込まれていく。
視界の端に小さく映った男の笑顔が、どうしようもなく腹立たしかった。
あの男とルミーネとか言う女だけは、地獄に落ちたって許せそうにない。
化けて出て、末代までも祟《たた》ってやる！
「たとえ生まれ変わったって、あんたら許さないんだからねッ！」
急速に薄れゆく意識の中で、ただその一言だけをつぶやく。
こうして、らしくもない復讐心を抱いたまま私は闇の奥へと消えた――。

第一話　遥かな谷底にて

気が付くと、そこはひどく昏《くら》い場所であった。
空気もどんよりとしていて、湿気がひどい。
ほのかに墓土のような匂いもして、辛気臭いことこの上ない場所だ。
ここが、噂に聞くあの世ってやつ？
そう思って天を仰げば、かすかにだが光が見えた。
黒い空を引き裂くように、白い筋が走っている。
……どうやら私は、あのまま谷底まで落下してしまったらしい。
「――カカッ！」
……今の音はいったいなんなんだ？
ため息をつこうとしたら、小石を打ち鳴らしたようなかるーい音がした。
状況の深刻さに合わせて重い重ーいため息をつくはずが、完全に調子が狂ってしまう。
落下した時に喉をやられたのかしらね？

そう思って声を出そうとすると、今度は「スースー」と風が抜けるような音がする。

……こりゃ、完全にダメだわ。

冒険者をやめて、歌姫になっても生計が立つような美声だったと言うに。

その喉をやられてしまうとは、なんて運のないことだろう！

いや、むしろ死んでいない分だけツイていると考えるべきだろうか？

光の弱さを見るに、この谷の深さときたら相当なもののはずだ。

とりあえず、他に怪我をしている場所はないだろうか？

あまりにもひどい怪我の場合、痛覚がマヒしてしまって意外とその存在に気づかないと言う。

とっさに全身を見渡した私は――ビックリしすぎてひっくり返りそうになった。

あろうことか、手足の骨が剝き出しになっていたのだ！

両手両足！

よくよく見れば、肩の部分まで！

肉がすっかりと削げ落ちて、真っ白な骨が露《あら》わになってしまっている。

「カカカッ!!」

悲鳴の代わりに妙な音を響かせながら、ボロ切れと化していたドレスを脱ぎ捨てる。

腹もそうだ、くびれがない！

自慢の……私の自慢のHカップも綺麗《きれい》さっぱり消えてる！

それどころか全身のあらゆる個所《かしょ》から、肉が削《そ》げ落ちて骨だけしかなかった。

どこをどう捜《さが》しても、肌色が見当たらないッ！

「スーコー……」

ゆっくりと息を整える。

……ちょっと、考えてみよう。

に、人間こんな状態になっても生きられるものなのか……!?

冷静になった私は、驚きを通り越して恐怖心が沸き上がってくるのを覚えた。

普通に考えたら、これだけ骨が見えてしまっている時点で死んでいるはずである。

これはあれか、頭だけ無事で身体は全滅しちゃったとかなのか？

とっさにそう思うが、それにしては立っているのが不思議だ。

でも、もしそんな状態なら、ベッドの上で寝たきりのはず。

第一、医者や治療術師の手助けもなしにそんな状態の人間が生存できているはずがない。

では、今の私はいったい何なんだろう？

とにかく正体を確かめなきゃ！

懐に手をやって短剣を取り出そうとするが、運が悪いことに落下した時にどこかへ落としてしまったようだった。

あれがあれば、すぐに顔を見ることが出来たのだけど……。

仕方ない、触って確かめるとするか。

ゆっくり顔に向かって手を伸ばすと、人差し指が眼のあたりから顔の中へ入ってしまう。

本来なら眼球があるはずの場所へ、何の抵抗もなくスルッとだ。

……うーん、これはもはやね。

間違いなさそうだ。

いや、でも認めたくない。絶対にそれだけは嫌だ。

それを認めてしまったら、文字通り人として終わる。

ぶっちゃけ人として終わってもいいんだけど、あいつらの一員にだけはなりたくない。

だって、気持ち悪い魔物ナンバーワンなんだからね、あいつらッ!!

そう熱く思ったところで、私の足元が揺れ始めた。

地震かと思って壁際に避難すると、地面から何かがせり出して来る。

……骨だ。

カチカチッと耳障りな音を鳴らしながら、人骨が次々と湧いてくる。

一本や二本ではない。

視界のあちらこちらから、人骨が数百本単位でわらわらッと出現する。

やがて骨は数か所に集まると、見えない誰かがパズルでも組み立てているかのように、お行儀よ

く組み上がっていった。

こうして出来上がった見事な人体骨格は、すぐさまよろよろと歩きだす。

……スケルトンだね、どう見ても。

人骨の魔物なんて言ったら、こいつぐらいしか思い当たらない。

他にもリッチとか高位の連中もいるけど、こんな十把《じっぱ》一絡《ひとから》げな感じで生まれてくるのはこいつだけのはずだ。

ここはどうやら、谷底へ転落した人々がスケルトンとして再生するポイントらしい。

先ほどから感じている嫌な雰囲気も当然だ。

スケルトンが湧いてきてしまうポイントというのは、負の魔力が溜まりまくっているのだから。

……となれば、私の正体は一つしかない。

認めたくない。

冒険者として、あいつらに気持ち悪さを感じていた身としては絶対に！

だけど、だけど……それしか考えられないんだよね、もはや。

誠に遺憾ながら、現実とそろそろ向き合わなきゃいけない。

逃げたところで、どうしようもなさそうだしね……。

私、シース・アルバランは実に残念なことに――スケルトンになってしまったようだ。

第二話　ダンジョン！

スケルトンというのは、墓地や戦場跡などに良く出現するモンスターだ。

不死族としては最下級の存在で、ただひたすらに噛みつき攻撃を繰り出してくるだけの雑魚《ざこ》である。

肉がないから不死族にしては力も弱く、リッチに見られる強大な魔力も持ち合わせない。

一人前の冒険者からしたら、ただ一方的に狩るだけの対象だ。


「……カカッ！」


そこまで考えたところで、変な声——変な音というべきかもしれない——が漏れる。

やっぱ考えれば考えるほどいいところがないわよね、スケルトンって。

しいて言うなら、不死族ゆえにほとんど飲まず食わずでも平気ということだけど、それでも多少は補充が必要である。

しばらくは平気なはずなんだけど、そのうち何かを食べないと生命維持に必要な魔力が足りなくなって動けなくなってしまうのだ。

そうなる前に、何とかしないとすべて終わり！

時間に多少の余裕があるとはいえ、まったく厄介なことだ。

しかし、どうしたものだろう。

冒険者としてそこそこに活動していたが、スケルトンの食べ物なんて調べたことすらない。

生態とかそんなの全く知らなくても、狩ろうと思えばいくらでも狩れる獲物だったからね。

よく人間を襲っていたけど、まさか人間が主食なのか？

うーん、もしそうだったとしたらさすがに食べられないな……。

忌々しいルミーネ嬢ならば、それこそはらわた食いちぎってやりたいぐらいの気分だけどさ。

さすがに、普通の人を襲って食うなんて気が引ける。

というか、スケルトンの強さじゃ仮にやると決心したところで人間相手じゃまず勝てないんだよね……。

餌より弱いって、どんだけ哀しい生命体だ。

……よし、こうなったら同期たちを参考にしよう！

見たところ彼らに知性はないが、代わりにスケルトンとしての本能がある。

きっと野生の赴くままに、餌を探し出してくれることだろう。

さあ行け、我が同胞たちよ！

そして餌を見つけ出すのだ、この私のためにッ!!

こうして生暖かい気持ちで同期たちを見守っていると、しばらくしたところでみんな一斉にある方向へと歩き出した。

たぶん、野生の勘で何かを感じ取っているのだろう。

ふらふらと誕生した場所の周囲を彷徨っていた頃とは一転して、足取りが力強い。

これは、どうやら作戦が当たったっぽいわね！

私もその後に続いて歩いていくと、やがて谷の突き当りへと至った。

そこには巨大な門のようなものがあって、石で出来た謎の通路へと通じている。

あれは、もしやダンジョンか？

国境沿いの山岳地帯は、お国の事情などで調査が行き届いておらず、まだまだ未発見のダンジョンが眠っている。

スケルトンたちはどうやら、本能だけでその未発見ダンジョンの入口を探り当てたらしい。

ダンジョン内部は魔力が濃く、スケルトンのようなモンスターにとってはまさに天国。

さすがは我が同期、知性の欠片《かけら》もない雑魚スケルトンにしてはなかなか優秀じゃないの！

私はうんうんと感心しながら、巨大な石柱の間を抜ける。

「カカッ！」

おお、これは……！

ダンジョン内部へ足を踏み入れた途端、魔力が体を満たしていくのがはっきり分かる。

魔力の質が、外と比べて尋常でないほど良い。

この調子なら、外に居るよりは長く持ちそうだ。

さあて、今後どうしたものか。

出来ることなら、私を殺した連中に一矢報いたいところだけど――。


「キシャアッ!!」

奇声を上げながら、どこからともなく緑の小人が現れた。

雑魚モンスターの代表格、ゴブリンだ！

どこにでも住んでいると言われるだけあって、この未発見ダンジョンにも生息しているらしい。

さすが、繁殖力と適応力だけが取り柄と言われる連中だ。

「ギャアギャアッ!!」

威嚇しながらこちらに向かって歩いてくるゴブリンを、私はのんびりと眺めていた。

モンスターの中でも最弱との呼び声が高いゴブリンである。

それが一匹やってきたところで、危機感なんてこれっぽっちもなかったのだ。

だがここで、私の予想を大きく裏切ることが起きる。

「ギャアッ！」

ゴブリンの握ったこん棒が、先頭を歩いていたスケルトンをブッ飛ばした。

パコンッと乾いた音がして、スケルトンの上半身が呆気《あっけ》なくバラバラとなる。

下半身だけとなったスケルトンはしばらくは惰性で歩いたものの、やがて崩れてタダの骨に戻ってしまった。

……なんつーもろさッ！

そりゃ確かにさ、スケルトンはゴブリンと並んで最弱候補筆頭のモンスターだよ？

でもゴブリン相手になすすべもなく砕かれるって、どういうことなのさ!?

スケルトンって、ゴブリンより圧倒的に弱かったの!?

あまりのことに呆れて立ち尽くしていると、同期が次々とゴブリンへ突っ込んでいく。

どうやら、ゴブリンを食べるつもりらしい。

顎が外れんばかりに口を開き、四足獣のような動きで噛みつき攻撃を仕掛けていく。

しかし、腕力とリーチがあまりにも違いすぎた。

数を頼みに押し切ろうとするものの、同期たちは次々とこん棒で砕かれていく。

……マズイ、このままだと全滅だ！

見る見るうちに数を減らしていく同期たちの姿に、私はいつにないほど恐怖を感じた。

せっかくスケルトンとして蘇ったのに、ゴブリンに砕かれるなんて真っ平御免だ。

同期たちが頑張っているうちに、とっとと逃げ出さなければ！

私は骨の身体が音を立てないように、細心の注意を払いながらその場を離脱する。

だが――。

「ギャ?」

「……カカッ!」

走り出した先で、他のゴブリンと遭遇してしまった。

何でこんなところにゴブリンが居るんだ!

いや、ダンジョンだからゴブリンなんて腐るほど居たって不思議ではないけどさ!

ないけど、それはないでしょ!

空気を読めや、このくそモンスターがッ!!

「カカカッ!!」

骨を軋ませて全力で走る、走る!

ゴブリンたちの追いかけてこないところを目指して、ただひたすらに足を動かす。

狭い通路を右へ左へ、出来るだけ相手をかく乱するように。

スケルトンの数少ない自慢である、無尽蔵の体力を活かしてとにかく距離を稼いだ。

すると石組みの通路が次第に天然の洞窟のようになり、広くなってくる。

そして――。

「カッ……!」

眼前に現れた大空洞。
地下世界とでもいうべきその広さに、私は思わず息を呑《の》むのだった――。

第三話　ネズミVS骨

王国と帝国の国境沿いに広がる、峻険《しゅんけん》な山岳地帯。

広大な面積を誇るそこは、大陸で最も探索の進んでいない秘境の地である。

自然環境が過酷過ぎるせいもあるが、政治的にもデリケートな場所ゆえに、両国の建国以来ずーっと大規模な調査が行われてこなかったのだ。

おかげさまで、今なお未発見のダンジョンが大量に残されている冒険者にとっては美味しい場所なのだけど――。

「…………ッ！」

首が痛くなるぐらいまで上を見て、ようやく天井の端が見えた。

さらに奥行きも広く、途中から闇に紛れてしまってどこに壁があるのかさっぱりわからない。

かつて潜っていた街のダンジョンなどよりも、よっぽど広かった。

もしかしたら、かの有名な世界一のダンジョン『ウィスク大迷宮』よりも広いかもしれない。

こんなとんでもないものが眠っているなんて、まさに世紀の大発見だ。

もし街に帰ることが出来たら、このダンジョンの情報だけでも一財産に化けるだろう。

……ま、スケルトンの身体じゃ情報なんて売れないけどね。

だいたい骨じゃ、お金なんて貰っても使えないし。

しっかし、こうなってくると逆に厄介な問題がある。

ダンジョンに住むモンスターの強さは、ダンジョンの規模に比例するのだ。

つまり、さっきのゴブリンなんかよりもはるかに強いモンスターどもが、このダンジョンにはうじゃうじゃしているってこと。

最弱な今の私には、恐ろしいことこの上ない。

こうなったら、いっそ外に逃げてしまえばいいのかもしれないんだけど……。

困ったことに無我夢中で走ったから道順なんて覚えてない。

必死だったとはいえ、我ながら迂闊《うかつ》すぎる。

……ひとまず、どこか安全な場所を確保しなければ！

後のことを落ち着いて考えることだってできやしない。

第一、この身体でも睡眠は必要かもしれないしね。

スケルトンが寝ていたなんて話は聞いたことがないけれど、まあ念のため。


けど、どうやってそんな場所を探そう？

細い通路にはゴブリンが住み着いているようだし、この広い空間だって何が居るかわかりゃしない。

こんな何もなくてだだっ広い場所じゃ、目立ちすぎて襲ってくれと言っているようなもんだし。

スケルトンの真っ白な骨格は、深い闇の底ではなかなかに目立つのだ。

いっそ、身体を黒く染めて迷彩にでもしてみようか？

や、そんなことしたってすぐ色落ちするだろう。

だいたい、こんな場所じゃ染料だって用意できない。

そうだ、さっきと逆の手順をやればいいじゃない！

モンスターは魔力の多い場所を本能で探し当てて住み着く。

だったら逆に、魔力の少ない場所をモンスターは本能で避けるはずだ。

よし、早速出来るだけ魔力の少ない場所を探してみよう。

まずは意識を集中させて、魔力の流れを探り――。

「……スー、スー！」

しばらくして、私は息を荒くしながら座り込んだ。

魔力の流れを感じるって、こんなに大変なことだったのね……！

人間の時から、魔力を扱うのはそんなに得意じゃなかったけどさ。

まさかこれほどとは思わなかった、繊細過ぎてさっぱりつかめやしない。

ほっぺたの感覚だけで、綿毛が飛ぶか飛ばないかぐらいの風を正確に捉えようとしているぐらいの気分だ。

しかも、スケルトンの私が疲れているということは、魔力を消費したということ。

今は仕方がないとはいえ、多用していたらあっという間に魔力が底を突いてしまう。

こんなところでもし動けなくなってしまえば、すべて終わりだ。

こんな場所で文字通り骨を埋めるなんて……絶対に嫌！

私は地上に戻って最低でもあいつらをぶん殴るまで、倒れないって決めてるんだから！

こうなったら、何でもいいから適当に食べて魔力を補充しておくべきかもしれないわ。

そうと決まったら、何を食べよう？

スケルトン本来の食事はまだ分からないけど、この際、食べられそうなものなら何でもいいや。

要は、お腹の中で魔力になってくれればいいのだから。

幸いなことにこのダンジョンの中は魔力豊富だから、たぶん生き物なら何でも魔力になってくれることだろう。

出来るだけ、食べ物っぽいものを食べたいのが本音だけどね。

ゴブリンとか、仮に食べられるとしてもあんまり……というか、どう見ても不味《まず》そうだし。

とはいえ、贅沢《ぜいたく》は言っていられない。

魔力を消費してしまった以上は、いつまでもうだうだと言っていられないのだ。

今の状態だと自然回復分よりも、自然消費分がわずかにだけど多いみたいだし。
眼を皿のようにしながら、広々とした地下空間を探索する。
すると、居た。
地面をちょろちょろと、ネズミが走っている！
魔物ではない普通のネズミだ。
きっと、どこからか迷い込んできたのだろう。
その後を少し追いかけていくと、岩の隙間に出来た巣穴を見つけることが出来た。
「……カカッ！」
少しばかり、ご機嫌な声が漏れる。
あとはここに手を突っ込んでやれば、ネズミの親子がどっさりだ。
地面に横たわるような姿勢を取ると、肩まで手を突っ込む。
たちまち指先がネズミの皮に触れ、呆気ないほど簡単に捕まえられた。
「……スースー」
…………さてと。
掌にネズミが一匹。
こいつをいかにして、食べるべきだろう？

火も起こせないし、刃物もないから……そのまま丸飲みかな？
でも、女の子的にちょっとね。
口の中で血がぶしゃって炸裂《さくれつ》したら、普通の状態なら軽く死ねるわ。
スケルトンだから、雑菌だらけでもお腹壊したりはしないけどさ。
それでもやっぱり……うーん。
ネズミを手にしたまま、悩み続ける私。
優柔不断とか、うだうだしないと決めただろとかは言わないでほしい。
いざ、ネズミを食うなんてことになったらさ……みんな悩むと思うんだよね？
特に女の子は。
むしろ、悩まないなんて人が居たらそれは原始人だ。
文明的でかつ乙女なスケルトンとしては、ここは断固として悩むべきところである。
だがそうこうしているうちに――そいつは現れた。
「――カカカカッ!!」
暗がりから、恐ろしく巨大なトカゲが現れた。
私なんかよりもよっぽど大きく、小さめの馬車ぐらいのサイズ感である。
色が鮮やかな緑でなければ、きっとサラマンダーか何かと見間違えたことだろう。
それぐらい、立派な体軀《たいく》をしていた。

種類は分からないが、間違いなく今の私よりは強い。

恐怖で軋む骨が、勝てないと言っている。

そいつはギョロリとした深海魚のような眼で周囲を見渡すと、さっき私が見つけたネズミの巣穴に、いきなりビョンッと長い舌を突っ込む。

そして、中に居たネズミたちを根こそぎ舌で捕まえてしまった。

奴は震える私を興味ないとばかりに無視すると、戦利品を掲げてそのままのっしのっしと闇に消えていく。

……やれやれ、この身体が骨で良かった。

もし肉があったら、今頃は喰われていたに違いない。

自分に肉がないことに、今だけは感謝しなきゃいけないわ。

こうしてほっと一息ついたところで、重要なことに気づいた。

恐怖のあまり、手にしていたネズミをいつの間にか離してしまっていたのだ！

私のご飯が、ご飯が!!

あれが無きゃ飢え死にする！

慌てる私の耳に、チュウッとからかうような鳴き声が聞こえた。

声のした方を見やれば、見事に逃げ出したネズミがこちらを振り向いていた。

……その一見して愛らしい眼に、どこかこちらを馬鹿にしたようなものを感じるのは私だけだろうか？
——あのクソネズミめ、絶対にまた捕まえてやる！
こうして私は、ネズミを追いかけて走り出したのだった——。

第四話　隠し部屋

本気になったネズミの俊敏さを、私はちょっと甘く見ていたようだ。

いや、スケルトンの鈍足さを甘く見ていたと言うべきかな？

私とネズミの追いかけっこは、当初の予想を裏切って意外なほどのデッドヒートとなっていた。

私の体力はほぼほぼ無尽蔵だが、ダンジョン育ちのネズミもそれに負けてはいない。

ちっこい癖に、恐ろしいほどのタフさを発揮して私を見事に翻弄する。

まったく、げっ歯類のくせに生意気なことこの上ない！

「……カカッ！」

いい加減、しびれを切らした私は作戦を変えることにした。

そこらに落ちている小石を拾うと、ネズミに向かって雨あられと投げまくる。

それにはさすがのネズミもたまりかねたのか、スッと壁際によって隙間へと逃げ込んでいった。

ふ、計算通り。

これでネズミは、文字通り袋のネズミとなったわけだ。

「……スー！」

さあ、とっ捕まえてやる！

意気込んで隙間に手を差し込むと……予想したよりもずっと奥が深かった。

手首の関節まで全て入って行ってしまう。

まずい、もげちゃう！

変な音がした関節を無理に曲げないように、私は思いっきり前へと倒れ込んだ。

すると、ネズミが入り込んだ隙間の向こうに微かながら光が見える。

どうやら、壁の向こうにはちょっとした空間があるらしい。

もしかして、隠し部屋を見つけた？

怪しい、とても怪しい！

これだけのダンジョンなのだから、隠し部屋の一つや二つあったとしたって不思議じゃない！

そして、そういう部屋にはだいたい何か凄《すご》いものが隠されているのが常だ。

聖剣とか、魔剣とか、封印されし魔導書とか。

そーんなお宝が見つかれば、貧弱スケルトンな私だって無双出来るに違いないわ！

「カカカッ！」

壁の隙間を、手の感覚だけを頼りにくまなく捜索する。

こういう隠し部屋に入るための入口は、だいたいすぐ近くにあるものである。

遠くにそんなものを設置したら、部屋を使う時に不便なことこの上ないからね。

誰が造ったのか知らないけど、こんだけのモノを作るんだから馬鹿ではないだろう。

そんなことを思って隙間をあれこれ漁《あさ》っていると、いきなりガラガラッと壁の一部が崩れる。

——やば、巻き込まれる！

とっさに手を引っ込めると、たちまち人が通れるほどの穴が開いた。

「……スー！」

なるほど、もともと穴が開いていたのを後から埋め戻していたんだ。

飛び散った石を拾うと、周囲の壁のものと明らかに色が異なっていた。

無理に作り直していたので、軽く指先が触れただけでも積み木よろしく崩れてしまったらしい。

さて、道もできたことだしお宝タイムだね！

喜び勇んでほふく前進で穴へと潜ると、その先には大人が寝転がれるほどの小部屋があった。

壁に光属性の魔鉱石が埋め込まれていて、結構明るい。

さて、肝心の宝箱は……ない！

どこにもない！

その代わりに、ずいぶんと年季の入った布袋が端に転がっていた。

見たところきったないし、あんまり期待できなそうな感じだけど……。

仕方なく中をのぞいてみると、ナイフに鉄なべに筆記用具などなどと生活用具一式が詰め込まれている。

恐らく、この荷物の持ち主は冒険者だったのだろう。

いずれもかなり使い込まれた様子だ。

……お宝はなかったが、まあこれらは結構使えるかな？

特にナイフは、刃渡りも長くて丈夫そうである。

ずーっと放置されていただろうに、特にさびてないところを見ると、一応は何かの魔法金属で出来ているようだし。

「チュウッ！」

そうしたところで、生意気なネズミが視界の端で鳴いた。

おおっと、すっかり存在を忘れていたけどこいつの始末もつけないと！

私は手にしていたナイフをスッと投げつける。

青光りする刃は、あっという間にネズミの身体を地面に縫い付けた。

見たか、獣め！

これが文明の力なのだッ！

小石に比べて、何と圧倒的な攻撃力ッ!!!!

思わず拳を握りしめると、腹の裂けたネズミを回収する。

——うっわあ！

ネズミのどす黒い血が、はらわたと一緒くたになって白い指先を染める。

腹を割かれたネズミの死体は、まさに惨状というのが相応《ふさわ》しい、眼を覆いたくなるような状況を呈していた。

魔物の解体ぐらいはやったことあるけど、あの時は別に解体した奴を食べなかったからね……。

これからこれを食べると考えると、無いはずの腹が痛くなってくる。

でも、我慢だ。

生き延びていくためには、こいつを食わなきゃならんのである。

この獣を、私は…………食うッ!!

骨と内臓を出来るだけ綺麗に取り除くと、ネズミはちょうど一口サイズぐらいの肉塊になった。

意を決して、それを口の中へと放り込む。

――ガブリッ！

すると驚いたことに………味を感じた。

いや、感じてしまった！

変なところで高性能らしい我が骨の身体は、味覚を感じることが出来たのだッ！

誠に遺憾なことにッ、最悪なことにッ！

「カハッ!!!!　スホーッ!!」

たちまち広がる鉄の味、鼻を抜ける血生臭さ。

臓物の苦みが、舌どころか身体全体をしびれさせる。

うげ、何だこれは！

生ごみを凝縮して、腐肉をぶち込んだみたいだッ！

死ぬ、死んでしまう！

うぼァッ!!

この世のものとは思えぬほどの不味さに、私はそのままひっくり返って天を仰ぐのだった――。

第五話　将来について考える

……あれからしばらく経ったが、まだ口の中がマズイ。

このダンジョンに居る限り、この先もずーっとあんな感じの食事なのかな?

考えるだけで、頭が痛くなってきた。

もういっそ、死んでしまいたい。

いや、とっくの昔に死んでるんだけどさ。

そこはまあ、気分的な問題というか……。

真面目に、これからどうしたものだろう。

スケルトンとして、このままずーっと細々生きるなんてのは絶対に嫌だ。

それに、私を殺した連中にキッチリ落とし前をつけさせないことには気が済まない。

あいつらには、この世のあらゆる拷問をフルコースで味わわせてやる!

特にあの高慢ちきな令嬢には、顔が引きつってそのまま固まっちゃうほどの恐怖と苦痛を……!

ふはははははッ!!

邪悪な笑みを浮かべることしばし。
令嬢を辱める妄想をたっぷりと楽しんだ私は、久々にゴロンッと横になった。
狭苦しいとはいえ、こうして住処《すみか》を確保できたことはとりあえず大きな収穫である。
出入りに難があるが、逆に穴を塞いでしまえばほぼ安全だ。
あとは、ここを拠点としていかに過ごすか。
とにもかくにも、力をつけなければいけないのだけど――。
「…………スー……」
骨だけとなった手を見やって、深くため息をつく。
考えてみればこの身体、いったいどれだけ成長の余地があるんだろう？
人間だった頃は鍛えれば多少だけど筋肉が付いたし、魔力もちょっとは伸びた。
肉体的にはあまり恵まれていなかったけれど、それでも一応成長はしたのだ。
けど、骨だけの身体って果たして伸びしろがあるんだろうか？
目いっぱい鍛えたところで、体の動かし方が上手くなるだけかもしれない。
――肉を取り戻さなきゃ！
力をつけるには、やっぱりそれしかなさそうだ。
そもそも、私はスレンダーすぎる身体って嫌いなんだよね。
女の子はボンキュッボンッに限るでしょ！

貧乳に希少価値があるなんて言ってる連中も居たけど、あんなの負け惜しみだ。
……現状、世界一おっぱいがなさそうな私が言ってもむなしくなるけれど。
人間だった頃はほんとにドッカンなサイズだったんだからね？
……とにかく！
強くなるためにも、見た目を良くするためにも！
この骨格だけの身体をもう少しマシにしなきゃいけない。
けど、どうしたらお肉なんて生えてくるんだろ？
魔物なんだし、肉をドカ食いしてたらそのうち生えてくるんだろうか？
単に骨が太くなるだけだったりしたら、困っちゃうな……。
そんなことを考えたところで、私はふとある物の存在を思い出した。
布袋を枕元へと引き寄せると、すぐさまその中を漁りだす。
そして、人をぶん殴るのにちょうどいいほどの厚さの本を見つけた。
これこれ、『魔物大百科』だ！
やっぱり持っていたのね！
早速、スケルトンの項目を目指してページを繰る。
魔物大百科というのは、そこそこ金のある冒険者ならだいたいが持っている本である。
その名の通り、魔物に関するあらゆることが載っている。

この本の凄いところは、空間魔法を応用してページをぐーっと圧縮して詰め込んでいるところ。

おかげで、見た目は一千ページほどなのに実際には一万ページほどもある。

その情報の豊富さから、通称『大百科先生』とも呼ばれる優れものだ。

この荷物の持ち主が、どうやら冒険者みたいで良かった。

一般人だと、たまにだけど持ってなかったりするからね。

えーっと、スケルトンの項目はっと。

あった、ここだ！

『スケルトン
脅威《きょうい》度：Ｆランク
墓場や戦場跡などに発生しやすい不死族のモンスター。

人骨に負の魔力が宿ることで誕生するとされ、一度に数体ずつ産まれることが多い。

発生が確認されたところには既に大規模な群れとなっていることが多く、手が付けられないことも。

けれど個体としては非常に弱く、一対一ならば子どもでもまず負けない。

ただし、長い歳月を生きたスケルトンは大幅に能力が向上し、上位種へと進化する場合がある。

これは長年に渡り魔力を摂取し続けることにより、スケルトン自身を構成する魔力の質が上がることが原因とされている。

この質的向上は他の魔物にも起こることであるが、存在を魔力に依存する部分が大きいスケルトンは特に変化が顕著である。

理論上は脅威度Sランクオーバーの種まで進化すると言われているが、そこまで至った個体が存在しないため実証はされていない』

……来ちゃったんじゃない、私の時代が！

Sランクオーバーの不死族と言えば、いずれも強力なモンスターばかりである。

しかも、いかにも怪物って感じのおどろおどろしい容姿をしている下級種族とは異なり、人間に近い姿をしたものが結構多いのよね！

吸血鬼などは人間に成りすまして暮らしていたという伝説がいくつもある。

しかも、その手の伝説に残っている吸血鬼とかって、だいたいが超美人なのよね。

私も人間だった頃は超美少女だったけど、もっとすごくなったりするのかな？

案外、人間やめるのも悪くないかもしれないわね……うへへ！

っと、そんな妄想をしている場合じゃない！

強くなったうえに人間的な容姿を取り戻せるということは、連中に復讐するチャンスじゃないか。

今に見ていなさい、ルミーネ・フェル・パルドール！

今はネズミなんて食べてる私だけど、いずれあんたの家の財産をぜーんぶ奪って毎日フルコースを食べてやるんだから！
決意を新たにしたところで、不意に眠気が襲ってくる。
なるほど、スケルトンにも休息は必要なのか。
私はそのまま横になると、今日のところは休むのだった――。

第六話　探索してみよう！

どっこいしょーッ！

ふああ、実によく寝た。

きちんと横になったおかげか、なかなか快適な目覚めだ。

スケルトンに睡眠なんているのかと思ったけど、魔力を落ち着かせるために休むことは重要らしい。

休み始める前と違って、明らかに体が軽くなっている。

ま、もともとすんごく軽い身体なんだけどさ。

そこは言葉の綾って奴だ。

さて、目が覚めたからには活動しなければならない。

当面やることと言えば、とにかく食って食って食いまくることだ。

魔力の質をドンドン高めて、早々にこの骨の身体からおさらばせねば。

それを成し遂げるためには、とにかく食料が必要だ。

しかも、出来るだけ魔力が高い食料が良い。

昨日のようなネズミでも魔力に出来ることは出来るが、やっぱり効率が悪いからね。

魔力をたっぷりと貯めこんでいる強いモンスターの肉がベストだ。

けれど、この身体は残念ながら半端なく弱い。

ゴブリンに殴り飛ばされるんだから、それはもう折り紙付きだ。

魔物大百科では脅威度Fとされているが、実際のところはそれよりもうワンランク落ちるでしょうね……。

そんなランクが存在しないから、便宜上Fとされているだけで。

我ながら、言ってて哀しくなってくるわ！

ふ、だが諦めてはいけない！

私は他のスケルトンなんぞとは違って、冒険者としての知恵と技量があるのだ。

それをもってすれば、弱い魔物の一匹や二匹は倒せるはず。

そのためには、まずはこのダンジョンにどんな魔物が住み着いているのかを最低限調べないと。

特に、昨日のトカゲみたいな強い連中の動向はしっかり把握しておくべきだ。

ナイフを二本拝借すると、それらを手に通路へと出かける。

昨日みたいに、焦って道順を忘れたなんてヘマをしないためにも慎重に。

魔物と出会わないように、音を殺して通路を行く。

万が一、危険な魔物と出会ったら即座に死んだふりだ。

私の身体は食べる部分がないから、おそらくそれで逃げ切れる。

けどそれだけでは不安なので、私はたまーに落ちているスケルトンたちの死骸を次々と回収した。

いざという時は、これらをばら撒いて目くらましにでもしよう。


こうして探索をすること、半日ほど。

だんだんとダンジョン一階の勢力図が見えて来た。

まず、一番幅を利かせているのがゴブリンたちの群れ。

通路部分に広く生息しているうえに、大空洞にちょっとした集落まで作っている。

派生種も居るようなので、間違いなくこいつらが最大勢力だ。

続いて、大空洞に大量発生しているのがビッグバットの群れ。

こちらは通路にはあまり居ないものの、大空洞の天井に広く生息している。

場所によっては天井が見えないほどなので、数はゴブリンより多そうだ。

三番目が、あちこちで苔《こけ》をもしゃもしゃしているジャイアントクローラー。

こいつは基本的に、どでかい芋虫だと認識すれば間違いはない。

ただ普通の芋虫と違ってモンスターと分類されているのは、強力な攻撃手段を持っているからである。

お尻の先から、浴びれば大怪我必至の強酸をまき散らしてくるのだ。

そして四番目が――我らがスケルトン。

付近一帯で産まれたスケルトンがすべてこのダンジョンに集結しているらしく、その勢力はなかなかのもの。

数だけなら、ゴブリンたちを軽く圧倒している。

けれどそのスペックは悲しいぐらいに低く、便利な材料として骨をゴブリンたちに有効活用されてしまっている始末。

何とも世知辛い状態だ。

もし、ゴブリンから骨を奪うようなことがあったら仲間として供養ぐらいはしてやろう。

素材不足は私も同じなので、一部活用はするけどね。

ダンジョンには他にもいろいろと住んでいるが、主だったところはこの四種だ。

あくまで私が半日で歩ける範囲の話だけどね。

もっともっと強いモンスターももちろんいるけど、そういう連中はやはり数が少ないらしい。

昨日のトカゲみたいなのにウジャウジャされていても困るけど、ちょっと拍子抜けだ。

ま、デカいダンジョンといえども第一階層ならこんなもんかも。

で、狩りのターゲットとして定めるなら効率から考えてこの中のどれがいいだろう?

弱さで考えるなら、やっぱり圧倒的にスケルトンかな?

でも、骨だけだから食べられないし……。

第三勢力の芋虫あたりが、攻めやすいだろうか？

虫を食うと考えると気が引けるが、他も似たようなもんだしなあ。

ネズミを食べた時点で、そういうのはもういろいろとどうでも良くなってしまった。

シース・アルバラン、進化するまで女の子は一時休業だ！

お休みしますッ！

っと、芋虫を倒すなら酸を何とかしなきゃ。

人間だった頃に一度喰らったことがあるけど、なめし皮の防具がじゅわーっと煙を立てたほどである。

まともな防具なんてない状態であれを喰らったら、間違いなく致命傷だ。

骨が痛んだら二度と直らなそうな以上、それだけは絶対に避けなきゃ。

防御力とかは全然ないから、この身体でも何発か殴れば何とかなるはずなんだけど……。

そう思ったところで、壁をはい回るツタが目についた。

……これだ！

私は丈夫そうなツタを何本か見繕うと、適当な長さで切り取る。

これを使って、スリングを作ろう！

スケルトンの肩で投石したところで大したダメージは見込めないが、ちゃんとした道具があれば話は別だ。

壁に張り付いた芋虫どもを、これで酸の射程圏外から叩き落としてやる！

早速隠し部屋に戻り、絡まっているツタをほどいて広げる。

こんなダンジョンに生えてるだけあって、さすがにたくましい。

親指ほどの太さしかないが、全力で引っ張ってもなかなか千切れなかった。

私はそれを石で叩いて柔らかくしながら、少しずつ編み込んでいく。

そして——。

「カカカッ!!」


出来た！

スケルトンの手が予想以上に不器用だったので苦労したが、なかなかの仕上がりである。

複数のツタを絡めて造った幅広の部分と、持ち手の細い部分のバランスが良い。

これならきっと、ドビュンッと隕石《いんせき》よろしく石がすっ飛ぶんじゃないだろうか？

一休みしたら、試運転も兼ねて早速狩りへ出かけようっと。

こうして私は、お手製の武器を持参して芋虫のもとへと向かうのであった——。

第七話　成長！

大空洞の巨大な岩壁。

芋虫はその上層に張り付き、地下水の流れに沿って生えた苔をもっしゃもっしゃと食べていた。

その動きは亀の歩みよりも鈍く、遠くからだとほとんど動きが分からないほど。

スリングで狙い撃ちにするのに、これほど都合のいい獲物もなかなかいないだろう。

石を乗っけたヒモを、ビュンビュンと音がするほどに回す。

「……ッ！」

速度が頂点に達したところで、スリングから石を発射。

拳大かそれより少し大きいほどの石は、ほぼ一直線に芋虫へと飛ぶ。

バムンッと布団でも叩いたような音がした。

黒い皮膚に突き刺さった石は、たちまちその一部を裂いて体液を滴《したた》らせる。

その痛みに芋虫の身体がのけ反り、そのまま地面へと落ちた。

芋虫はその場でじたばたと暴れながら、お尻から酸を発射する。

「カッ!」
これじゃあしばらく近づけない、もう一発!
石をスリングに載せると、今度は出来るだけ頭を狙って放つ。
よっし、命中!
勢いよく放たれた石は、見事に芋虫の額のあたりを直撃した。
我ながらなかなかのナイスコントロール。
頭に石を喰らった芋虫は、脳震盪《のうしんとう》でも起こしたのかさすがに大人しくなる。
あとは、お肉を切り分けるだけッと。
ナイフを手にした私は、他のモンスターが来ないうちにと素早く芋虫に近づく。
だがここで——。
「カカカカッ!!!!」
あっつ! 焼ける、身体が燃えるッ!!
この虫けらめ、最後っ屁みたいにチョロっとだけど酸を出しやがったわ!
酸の掛ってしまった部分の骨が、溶けているのかヌメヌメとし始める。
この私の、真っ白いお肌に傷をつけるなんて!
この野郎、ぶっ殺してやるッ!!
ナイフを思いっきり振り下ろすと、芋虫の身体を豪快にぶった切った。

さすがに、これで死んだだろう……。

芋虫がくたばると同時に私も身体の力が抜けてしまって、その場に座り込んでしまう。

やれやれ、次からは確実に死んだかどうかを最後に確認しなきゃいけないね。

酸を被《かぶ》ってしまった部分は大丈夫だろうか？

わ、結構やられちゃったな！

すぐにどうこうなるほどでもないけど、あんまり喰らいすぎるとホントに溶けてなくなってしまいそうだ。

とりあえず、岩壁からしみ出している地下水を掛けて酸を流しておく。

さて、気を取り直してお肉お肉！

さっきぶった切った場所を起点として、巨大な芋虫の身体を三つほどに切り分ける。

ブリュンッとした肉はゼラチン質で、黒い表皮とは対照的に白かった。

イカとかタコとか爬虫類《はちゅうるい》とか、そんな感じの肉質だ。

予想に反してまともそうな見た目をしているので、ちょっとテンションが上がる。

ゴミばっかり食べていたようなネズミよりは、まともな味だと信じたい。

こうして肉をどっさりと抱えた私は、無事に隠し部屋へと帰還した。

いよいよ、芋虫を食べる時である。

昨日のネズミのことが頭をよぎるが、それを振り払ってどうにか覚悟を決める。

では――!

「…………ッ!?」

意外なほど、芋虫の肉は旨かった。
こんなに美味《おい》しいなら、普通に食材として通用するんじゃないかしらねッ!?
淡白ながら、甘みのあるクリーミーな味わいで実に食べやすい。
昔食べた、エビのお刺身によく似ている。
これなら毎日どころか、いくらでも食べられそうだわ。
お肉を切り分けては、ポンポンと口へ放り込んでいく。
まさにやめられないとまらないって感じだ。
スケルトンの身体はこうして口に入るお肉を次々と魔力に変換し、吸収していく。
食べたものがスウッと消えていくのは、我が体ながらちょっと不思議だ。

ふー、食べた食べた!
小一時間もすると、あれだけあったお肉がすべて消えていた。
まさか、一食で一匹食べられるとは。
両手で抱えるほどの大きさだったから、軽く二十人前ぐらいはあっただろうに。
ほっそい癖に、凄く食いしん坊な身体だ。

ま、芋虫はいくらでもいるからいいんだけどさ！

リラックスした姿勢でお腹のあたりを撫《な》でていると、不意に全身が熱くなった。

骨が淡い光を放ち始める。

もしかして、進化するのか!?

わくわくしながら身構えると、光はすぐに収まってしまった。

どうやらまだ、進化の時ではなかったらしい。

「スースー」

何か変化したところはないかと、立ち上がって様子を確かめてみる。

すると、骨の光沢が明らかに増していた。

心なしか、腕回りなども少し太くなっている。

試しに近くにあった布袋を持ち上げてみると、以前よりもちょっぴり軽く感じた。

はっきり自覚できるぐらいに、力も増したようだ。

まだ芋虫を一匹食べたぐらいだと言うのに、予想していたよりもだいぶ成長幅が大きい。

どこまで進化せずに成長するのかは分からないけど、スケルトンって意外と強くなれるのかも。

早めに進化できずに残念と考えるか、それとも意外と成長出来て良かったと考えるか。

意見が分かれそうなところだけど、いずれにしても強くなったことには違いがない。

この調子なら、最弱の汚名を返上するのも近そうだ。

——この分なら、一年ぐらいで復讐できるかもしれないわね。

——今に見ておれ、ルミーネッ！

そう心の中でつぶやくと、私は不意に襲ってきた睡魔に身を任せるのだった——。

第八話　対ゴブリン

私は最強！
スッケルットンーッ！
今日も今日とて、ご機嫌で芋虫を狩りに行く。
あれから毎日が絶好調！
進化こそまだだけど、だいぶ強くなることが出来た。
人間にたとえるなら、農家のオッサンから初級冒険者ぐらいには強くなったと思う。
この調子で行くなら、あともう少しで第一階層では敵なしになるんじゃないかな？
そう思っていつもの狩場に到着すると、先客が居た。
ゴブリンだ。
それも、人間のようにパーティーを組んでいる。
壁際を占拠した奴らは、手にした投げ槍を次々と上に向かって投げている。
どうやら、こいつらの狙いも私と同じ芋虫らしい。

……何でまた、こんなところに。

ゴブリンの生活範囲は大体把握しているが、この場所はそこから外れているはずだった。

奴らは奴らで、集落の近くに専用の狩場をいくつか持っているのだ。

突然モンスターの生息区域が変わったなんてこともないのに、どうしてここまで来ているんだろう。

この壁の芋虫は、ぜーんぶこの私のものだっていうのに！

この際だ、ゴブリンどもと戦ってみようか？

昔の経験からすると、今の私ならスリングからの投石でゴブリンぐらいは十分に倒せるはずだ。

確認できる敵の数は四匹。

私の隠れた岩陰から連中までの距離は、スケルトンの速力で十秒ちょっとといったところ。

対芋虫用にせっせこ貯め込んだ石を投げまくれば、近づいてくるまでに倒せないことはない。


リスクを取って戦うか、このまま逃げるか。

選択肢は二つに一つだが、私はあえてリスクを取ることにした。

勝算もあるし、だいたいたかだかゴブリンである。

連中を相手にいつまでも逃げ回るなんて、私の性には合わない。

ゴブリンぐらい、集落ごと潰してドッカンするのが冒険者ってもんよ！

今の私はスケルトンだけどね。

そうと決まれば、まず一発目。

思いっきり放たれた石は、見事にゴブリンの頭蓋骨をたたき割った。

緑の頭が、よーく蒸《ふ》かしたカボチャみたいな状態になる。

さすがは私！

ここ数日の間に鍛え上げられたスリングの腕は、並じゃなかった！

「ギャッ!?」

「ギャギャギャッ!!」

突然のことに大騒ぎをするゴブリンたち。

ギャーギャーと悲鳴がこっちまで聞こえてくるが、かえって好都合だ。

混乱するあまり、事態への対処がまったく遅れてしまっている。

人間っぽく振る舞ってはいても、やっぱりこういうところが馬鹿ねェ。

その隙に二発目、三発目。

放たれた石はそれぞれ見事に命中し、呆気なくゴブリンを戦闘不能にする。

……あれ、こいつらやっぱり弱いの？

初日にスケルトンをガンガンぶっ飛ばしていたので、結構強そうな感じがしていたんだけど。

やっぱ、ゴブリンはゴブリンだったか。

激戦を覚悟していただけに、何となく期待外れな気分になる。
よし、こうなったらとっとと止《とど》めを刺そう。
スリングに石を載せて、紐をぶんぶんと回して加速させる。
その時、不意に頭が割れるような高い音が響いた。
「ビィーッ!!!!」
痛い、うるさいというより痛いッ！
あまりの大音響に、たまらず頭を抱える。
いったい、これから何をしようというのか。
私はしばし手を止めて生き残ったゴブリンを見守るものの、何もしては来ない。
……なんだ、ただの威嚇だったのか？
避難した岩陰からよろよろと這《は》いだすと、再びゴブリンに狙いを定める。
だがその時、後ろから足音が聞こえた。
とっさに振り向けば、そこには――。
「ギャアギャアッ!!」
「カッ！」
ゴブリンの団体が、いつの間にやら私のすぐ後ろまで迫っていた。

さっきのひっどい音は、仲間を呼ぶための合図だったのか！

ひいふうみい……たくさん！

すぐには数えきれないゴブリンの数に、私は即座に撤退を決意する。

だが、ゴブリンたちの動きは意外にも早かった。

石を一発はなっただけで、すぐに距離を詰められてしまう。

ちィッ!!

これでも元Dランク冒険者、舐《な》めるんじゃないッ!!

ゴブリンの群れぐらい、切り伏せてやる！

ナイフを構えると、指を曲げてあえて挑発的な態度を取る。

するとたちまち、激高したゴブリンが槍で殴りかかってきた。

――いけるッ！

穂先をナイフで受け流すと、意外と軽かった。

ゴブリンとの筋力差は、かなり縮まってきているようだ。

最初の状態で受けたら骨が砕けていただろうに、成長を重ねた私の腕はしっかりと耐えている。

この分なら――！

「カカッ!!」

そのまま身体を傾け、ゴブリンの間合いに割って入る。

一閃。

ナイフが喉笛を割き、温《ぬる》い血が散った。

次は後ろに回り込んだ奴に肘《ひじ》を喰らわせ、下っ腹をグサリ。

たるんだ腹からたちまち血が溢れ、ゴブリンはそのまま膝を屈する。

――いい、この調子！

スケルトンの体力は、魔力を使わない限り無尽蔵である。

それをいいことに、私はトップスピードを維持したまま身体を動かし続ける。

このままいけば、全部倒せるかも。

少しずつ勝利が見え始めたところで、ゴブリンたちがあることに気づいてしまう。

「……カッ！　スーッ！」

一斉に私から距離を取ると、槍を長く構えるゴブリン軍団。

そう、刃渡りの短いナイフを使っているがゆえにリーチが短いという私の弱点に、とうとう気が付いてしまったのだ！

頭が悪い魔物の代表格の癖に、立派に思考しちゃってからに！

戦術で言うところの「槍ぶすま」のようなものを形成したゴブリンたちに、たまらず歯ぎしりをする。

こうなっちゃったら、ナイフではどうにも勝ちようがないじゃない！

どうすりゃいいって言うのよ！

ええい、最後の手段ッ!!

背後に聳《そび》える壁の上方。

そこにまだ芋虫が残っていることを確認すると、落ちていた槍を思いっきり投げつける。

たちまち落っこちてくる芋虫。

私はその身体をどうにか受け止めると、お尻を手で押さえつけてゴブリンたちの方へと向ける。

「カカカッ!!!!」

「ギャアアァッー!!」

危機を感じた芋虫によって、これでもかと噴出される酸。

身を溶かす雨に絶叫するゴブリンたちの脇を、私は一心不乱に駆け抜けたのだった――。

第九話　スケルトンウォリアー

……はあ、はあ。

久しぶりに死ぬかと思った！

隠し部屋に戻り、穴をすっかり塞いだところで床にへたり込む。

全身を見回してみれば、自分でも酸を浴びてしまったのかあちこち軽く溶けていた。

すぐに脆《もろ》くなってしまうほどの傷ではないが、これはちょっと痛い。

進化すると、こういうの治ると良いんだけどな……。

というか、治らないと困る。

しかし、惜しいところだった。

個々の力量では、もうほとんど勝っていたんだけどね。

ネックだった貧弱な腕力も、かなり克服できていたし。

でもあの集団戦術は予想外だ。

ダンジョンで生活してるだけあって、外のゴブリンよりは知恵が回って強いのかもしれない。

冒険者としてそこそこ生活していたが、あんなゴブリンは初めてだ。

噂でも聞いたことがない。

あれをやられてしまうと、ナイフではどうしようもないかしらねえ。

ただでさえ、長めの槍やこん棒の射程はずるいのだ。

それをフルに活用されてしまうと、どうにもならない。

こちらも飛び道具は持っているけど、連射が利かないし、ある程度まで距離を詰められると対応不能だ。

切れ味もなかなかいいし丈夫だから気に入っていたけど、やっぱりナイフ以外のメイン武器が要《い》るかねえ……。

剣の一本でも、どこかに落ちていればいいのだけど。

このダンジョンに、果たしてそんなものがあるかどうか……。

未発見のダンジョンだし、少なくとも冒険者の落とし物には期待できない。

となると、ゴブリンあたりから武器を奪うしかないか。

でもゴブリンの武器って、質が恐ろしく悪いのよね……。

武器を買う金を惜しんでゴブリンの槍を使おうとした知り合いがいたが、一回で使い物にならなくなったと聞く。

それに、ゴブリンを倒すためにゴブリンの武器を奪おうとするのでは本末転倒だ。

こうなったら、近接武器も自分で作るしかないか！

スリングだってなんとか作ったのだし、簡単なものぐらいならば何とかなるだろう。

ゴブリンのものを奪うのと大して変わらない気もするが、多少はマシなものが造れるはず。

不器用だけど、さすがにゴブリンよりは手先が器用……だからね！

うん、器用に違いない！


そうと決まれば、早速材料を調達しなければ。

ここらで武器の材料に使えそうなものと言ったら……御同輩の骨かな。

一番長い大腿骨に石でもつけてやれば、それなりの武器にはなるはずだ。

よし、骨を探しに行こう。


隠し部屋を出て、通路をまっすぐ北へ。

その先の角を西へ曲がったところに、いつもスケルトンが倒れている広場がある。

そこへ向かうと、八角形をした広場の中心付近にたくさんスケルトンが折り重なっていた。

……いつもより、かなり数が多いわね。

どうやらゴブリンたちが、ずいぶんと精を出してスケルトン狩りをしたらしい。

最近何でそんなにやる気があるのかはわからないが、ご苦労なことで。

「……カッ！」

骨の山を漁っていると、ふと眼に光が飛び込んできた。
慌てて周囲の骨をどかすと、骨の隙間から剣が出てくる。
やったーッ!!
生前の武器を、そのまんまここまで持ってきた骨が居たらしい！
なんという幸運、神は骨になった私を見捨ててはいなかった！

早速剣を引き抜こうとする……あれ？
よくわかんないけど、やけにおっもいわね。
両手で剣の背をガッチリつかむと、とにかく力任せに引っ張る。
よいしょ、せーやッ!!
頑張っていると、やがて骨の山の中から一本の腕が出て来た。
その手を見れば、五本の指がしっかりと剣を捉えて離さない。
「スーッ……！」
死してなお武器を離さないとは、見上げた武人である。

でも、もう死んじゃってるあんたに武器は必要ないでしょ！
その剣は今を生きる私にこそ必要なものなのよ！
よこしなさい、というかよこせッ!!
さらに力を入れようとしたところで、骨の山がガタガタと崩れ始めた。
やがてその中から、一体のスケルトンが身を起こす。
これまで見たスケルトンとそいつは、明らかに雰囲気が違っていた。
骨格が全体的に太く、骨がつやつやと光っている。
骨全体に、メッキでもしたかのようだ。
こいつ、スケルトンウォリアーだ！
輝く骨を持つ、スケルトンの上位種の一つである。
通常のスケルトンよりも格段に戦闘力が高く、身体も丈夫。
さらに武器を扱うだけの知恵がある。
さっきから私が引き抜こうとしていた剣は、どうやらこいつの持ち物のようだ。
「ガガガッ！」
うおっと!?
私が手を離すよりも早く、強引に剣が引き抜かれる。
武器を奪い返したスケルトンは、それを腰に構えると私の方を睨《にら》みつけて来た。

同族だけど、もはや完全に敵って見なしたわけね。

そっちがその気なら、その剣、あんたを倒して奪ってやろうじゃない！

山の中から状態の良い骨を二本選ぶと、両手で構える。

スケルトンウォリアーはスケルトンの上位種。

さらにちゃんとした武器まで持っているとなれば、まともに打ち合って勝てる相手ではない。

二刀流の手数で圧倒して、ちまちまとダメージを稼いでいくしかないだろう。

——大丈夫、これぐらいの差なんていつものこと。

戦いにおいて、小柄な女の私が力や体格で勝っていたことはほとんどない。

モンスター相手はもちろん、人間が相手の時もそうだ。

ゆえに、デカい奴との戦い方は心得ている。

だから大丈夫、勝てる。

暗示をかけるかのように、そう自分で自分に言い聞かせる。

「ガゴゴゴッ！」

「カカッ！」

上位種対下位種、骨同士の戦いが始まった——！

第十話　骨の敵は骨よ！

最初に仕掛けてきたのは、やはり体格で勝るウォリアーだった。

剣を大きく振り上げ、袈裟懸けに斬《き》りつけてくる。

剣速はそれなりに出ているが、動きは一直線で読みやすい。

軽い身体を活かしてその一撃を回避すると、手にした骨で素早く殴りかかる。

キンッと鋼でも打ち合わせたような音。

手がしびれるような感触が返ってくる。

見た目から想像できたけど、なんつー硬さ！

普通に殴り合っていたのでは、こっちの武器にしている骨の方が先に折れてしまいそうだ。

ここは、強度の弱い関節部分を集中狙いするしかない！

軽い身体を活かして、サイドステップを踏む。

それなりに重い鉄の剣を持っていることが災いして、ウォリアーは私の動きについてこれてはいなかった。

スケルトンの体力は無尽蔵。
このままいけば、時間はかかるがこいつを倒し切れる！
「カハッ!!」
勝利の二文字が、脳裏をよぎった時だった。
鈍重だったウォリアーの動きが、にわかに速まる。
風を切った剣の切っ先が、肋骨《ろっこつ》をかすめる。
その勢いに、骨が少し欠けた。
いったアッ!!
この野郎……ッ!!
文字通り、身を砕かれる激痛。
口から苦悶の息が漏れる。
とっさに歯を食いしばると、必死で乱れた思考を立て直す。
いったい、どんな手品を使った？
あの一瞬だけ、ウォリアーの動きが確実に速くなっていた。
体感にして、一・二倍ほどだろうか。
極端なスピードアップを遂げるわけでもないが、この攻防でこの差は厄介だ。
捌《さば》けたと思った攻撃を、捌き切れなくなってしまう。

またた！

剣の速度が上がり、風を切る音が鋭くなる。

先ほどは突然のことで捉えることが出来なかったが、今度ははっきりと変化を見ることが出来た。

速くなった剣をどうにか私が避け切ると、再び動きが遅くなる。

速さを上げることができるのは、ほんの数秒間。

しかも、一度速度を上げた後はしばらく速度を上げることができないらしい。

――これはもしや、魔闘法か？

魔闘法とは、体内の魔力を循環させて一時的に速度や力を底上げする戦闘技法である。

冒険者にとっては基本的な技だが、まさか骨が使ってくるとは。

私も人間だった頃は世話になっていたけど、スケルトンになってからは使っていない。

骨の身体に宿る魔力はよわよわで、うまくコントロールできないんだよね。

伊達に上位種じゃあないってわけか！

改めてウォリアーと自分でいかに違いがあるのかを自覚する。

このまま打ち合いを続けるのは、すこーしまずいわね。

何とかしなきゃ……！

とっさに周囲を見渡すと、広場から通路へと続く入口が目についた。

今日のところは、あそこから戦略的撤退って奴をするしかないか……？

たぶん新参者のこいつと比べて、地の利は私にある。

無数に枝分かれする通路の奥へと逃げ込めば、まず見つかることはないだろう。

でも、もし狭い通路の奥で追いつめられたりしたらそれこそ逃げ場がない。

完全にアウトだ。

……待てよ。

あの通路を上手く活用すれば、ウォリアーに勝てるかもしれない！

通路の入口を見て、そう思う。

振り落とされた剣をかわすと、私は素早く通路へと移動を開始する。

「ゴゴゴッ!!」

逃げるな、と言わんばかりにウォリアーが足を踏み鳴らす。

仁王立ちして全身の骨をガタガタと震わせるその様子は、オーガにも引けを取らない大迫力だ。

けど、そんなのまともに相手してられない。

この身体でこんなのとぶつかり合ってたんじゃ、何度復活しても足りないわ。

「カカッ!!」

歯を打ち鳴らし、敵をさらに挑発する。

単純なウォリアーは、私の狙い通りに誘導されてくれた。

肩を怒らせながら、私の後をついてくる。

いいわ。このままどんどんついて来なさい……！

こうして十分に奥へとおびき寄せたところで――。

「……ッ！」

落ちていた小石につまずき、バランスを崩す。

なすすべもなく転倒した私は、そのまま地面に手をついてしまった。

にやりと、骨で出来ているはずのウォリアーの顔が笑ったように見える。

私がこいつより勝っている点は、軽い骨を武器としているがゆえの速さだ。

こうして地面に倒れてしまえば、あとは叩き潰されることしかできない……！

「スオオオオッ！」

ウォリアーの身体が、微かに光る。

明るい広場では分かりにくかったが、昏い通路に移ったことでその纏《まと》う魔力がはっきりと見えた。

こいつ、一気に叩き潰すつもりね……！

高まる魔力に反応して、自然と骨の体が震える。

やがて振り上げられた剣は、私の頭に向かって勢いよく――。

「グゴッ!!」

予想通り！

魔闘法により思い切り振りあげられた剣は、天井へと突き刺さって動かなくなった。

途中はほんとに冷や冷やしたけど、やっぱりただの骨ね！

私が動かなくなれば一気に勝負をつけに来るだろうと予想していたけれど、ほんとにそうだった。

さすがは私、完璧な作戦だ！

……これでも、自分からわざと転ぶのには勇気が必要だったけどね！

保険はあったけど、確率は五分五分くらいだったし。

こいつがちまちま攻撃してくることを選んだら、間違いなく私の方がやられていた。

さらに、もしこいつが広場に比べて天井が低いことを少しでも意識したならダメだっただろう。

ま、ゴブリンよりも馬鹿なぐらいだから、そのことに気づかない自信はあったけど。

さっきから見ていると、攻撃パターンとかはかなーり単純だったからね。

とにもかくにも、今の奴は最大の武器である剣が使えない。

しかも、不意のことに気を取られて隙だらけだ。

剣を引き抜こうと、私のことなどお構いなしに四苦八苦している。

剣を振り上げた時にパワーを魔闘法で限界以上にまで強化していたため、かなり深いところまで刺さってしまっているようだ。

でもいくら剣が抜けないからって、そんなことじゃあ足元がお留守ですよッと……!!

「ガガッ!!」

背伸びをしている足の関節を渾身《こんしん》の力で殴る。

体勢を崩しているのを幸いに、二度、三度！

加重の掛っていない骨は、やがてスコーンッと気持ちのいい音を響かせてすっ飛んだ。

膝から下を失ったウォリアーは、そのまま宙ぶらりんになる。

「カカカッ!!」

こうなってしまえば、後はこっちのもの！

敵の頭蓋骨を殴って殴って殴りまくるッ！

砕け散るまでただひたすらに！

どりゃあァッ!!

ララララララッ!!!!

「スースー……」

ふう、すっきりした。

頭を失いながらも剣にしがみつくウォリアーの身体を見ながら、流れてもいない汗をぬぐう。

とにかく殴りまくったせいか、ゴブリンにやられて以降のいら立ちがすっきりと収まっていた。

今なら、どんなことが起こってもひろ――い心で許せそうだ。

あ、ルミーネだけは無理だけど！

あんたはヤルから、いついかなる場合でも。

さあってと。

剝ぎ取り作業をしなきゃあね。

頭を砕かれ、完全に力を失ったウォリアーの身体。

それを戦利品の剣から引き剝がそうとしたところで、胸骨のあたりから何かがコロンッと転がり出た。

む、これはもしや……！

床に落ちたそれを拾い上げると、私はたまらず叫ぶ。

「カカカカカカッ!!!!」

魔石だァ――――ッ!!!!

Dランクの私ではついぞ見たことのなかったお宝が、そこにはあった――！

第十一話　魔石

魔石というのは、モンスター体内の魔力が集まってできた結晶である。

大地に埋まっている魔鉱石とは違い、それなりに強いモンスターしか持っていないため、Dランクだった私はまだ見たことが無かった。

これを見つけることは冒険者にとって一人前の証であり、最下級のものでも金貨数枚の値打ちがある。

魔力の塊であるため、有効な利用法がいくらでもあるのだ。

それだけでなく、その美しい姿はちょっとした宝石としての価値もある。

「スッスー！」

小指の先ほどの紅の石。

その光は蠱惑《こわく》的で、内側で炎が燃えているかのようだった。

結構強い奴だとは思ったけど、まさか魔石が手に入るなんてね！

武器も手に入ったし、まさに絶好調ッ！

向かうところに敵は無しッ！

芋虫を初めて食べた時にも匹敵する喜びだわッ!!

……たとえに芋虫が出て来るのが、ちょっと切ないかも。

しかし、この魔石をどうしよっかなー。

持っていてもいいけど、それだけじゃもったいない気もする。

冒険者だったのなら即座に換金して装備の買い替えでもやるところだけど、私は骨だし。

アクセサリとかにしても良いのだけど、こんな場所でオシャレしたってね。

やっぱああいうのは、お金持ちのイケメンが居る所に限るでしょ！

けどそうなってくると、せっかくの魔石が宝の持ち腐れになってしまうわけで。

やっぱり、それなりに進化して町に行くまで取っておくべきかな。

うーん、活用しないともったいない気も……。

あ、そうだ！

魔力の塊なんだから、こいつも食べられるんじゃないかしら！

おうちに戻ったら、早速試してみよう。

マイホーム――もとい隠し部屋に戻ると、すぐに入口を塞いで魔石を口に含んだ。

あまッ！

飴みたいな味だ！

予想に反した魔石の味に、思わず笑みが漏れる。

この美味しさは、この身体がスケルトンだからだろうか？

それとも、人間が食べても美味しいんだろうか？

ちょっと疑問だけど、まあいっか。

とにかく美味しい、半端なく旨い！

そのままごっくんと魔石を飲み下す。

喉に引っかかることなく通過した魔石は、即座に魔力へと分解されて全身に行き渡った。

にわかに体全体が熱くなる。

魔力を帯びた骨が、力強く光った。

これまでにも似たようなことはあったが、今回は別格だ。

あまりの熱に、骨の身体が渇いていくような錯覚すら覚える。

「カカッ……！」

全身をばたつかせて、その場で悶《もだ》える。

もしかして、甘くて美味しい味は罠で、食べちゃいけないものだったか!?

全身を走る異様な感覚に、そう思わずにはいられない。

熱い大蛇が、体の中でのたうち回っているかのようだ。

――ええい、変なもの食べるんじゃなかったッ!!

盛大に後悔しながら壁際に近づくと、しみ出している地下水を口に含んで気休めにする。

あとはひたすらに我慢、我慢だ！

頑張れシース・アルバラン、明けない夜はないのだッ！

この痛みだって、そのうち消えてなくなるはず……ッ！

「……スースー」

全身に力を込めて、耐えること小一時間。

とうとう、身体の底から沸き上がる熱が収まった。

……ふーふー！

熱くて暑くて、焼け死ぬかと思ったわ！

こちとら何にも悪いことしてないのに、地獄にでも落とされたのかと思ったわよッ……!!

美人薄命とは言うけれど、どうして私はこうツイてないのだろう。

思えば、魔法の才能がないことから始まって……あの時師匠から……。

――閑話休題、愚痴はこれぐらいにしよう。

ああだこうだと騒いだところで何も始まりやしない。

重要なのはこれからのこと、身体に不調がないかを確認しなくては。

よろよろと起き上がると、肩を軽く回す。

「スッスッ！」

いっちッにーッさんしーッ!!

背筋を大きく反らしてーッ!!

……よし、快調だ！

今のところ、運動機能とかには問題がない。

意識もクリア、正常だ。

ちょっと様子はおかしかったけれど、いつものようにパワーアップできたってことなんだろうか？

あれだけ激しかったんだし、もしかしたら超凄い強化がなされたんじゃ――――！

試しに、床を思いっきり殴ってみる。

「…………ッ！」

いったァッ!!

手が、手がァッ！

ふーふー…………。

ああ、痛かった。

何よこれ、ほとんど変わってないじゃない！

期待して損した、寝るッ!!

私は近くにあった毛布をひっかぶると、今日のところは休むことにした。
瞼を閉じる代わりに、眼のあたりを布で塞いで横になる。
すると、奇妙なことに視界を塞いだというのになぜか青いものが見えた。
青い靄《もや》のようなものが、黒い世界をゆらゆらと漂っている。
……なんか気持ち悪いわね。
たまらず布を外すと、周囲を見渡してみる。
すると奇妙な青い靄の発生源は、何と私自身の身体であった。
「カハッ!?」
き、気持ち悪ぅ！
なんなのこれ、汗でも蒸発してるの？
身体からこんなものが湧きだしてくるなんて、いよいよおかしくなっちゃったのかな。
スケルトンになっている時点で、おかしいなんてレベルじゃない気もするけどさ。
えいッ！
そりゃッ！
身体を動かして振り払おうとするけれど、全くダメ。
むしろ、身体を動かせば動かすほどに湧き上がる量が増えていく。
いったい何なんだろ、まさかホントに汗か？

スケルトンの汗は揮発性で、色でもついてるっていうの？
まっさかねえ、魔力でもあるまいし。
……魔力？
「カッ!?」
そうだ、これきっと魔力なのよ！
こんなに濃密な奴は初めてだけど、そうに違いない！
そうと分かれば、試してみなきゃね。
えーっと、一番基本的な魔法は確か……ファイアか。
イメージは、指先に魔力を集中させて「ポンッ」だったっけ。
とにかく集中、集中っと……。
指先に向かって、次第に意識を高めていく。
全身を覆う青い靄が、徐々に指に向かって収束していった。
良い調子だ！
やがて青い光の球となった魔力は、その場で弾けて――。
――パスッ！
小さく弱弱しいが、確かに火の玉が飛び出したのであった。

第十二話　嗚呼、夢の魔法

人間には多かれ少なかれ生命維持とは関わらない余剰魔力がある。

一般的には、この余剰魔力のことを指して魔力という。

これは誰にでもあるものなので、どんな人でも初級魔法ぐらいは使えるのが当たり前だ。

でも、どういうわけだか私はそれを使うことが出来なかった。

私を調べた魔導師ギルドのお姉ちゃんによると、魔力がないわけではないらしい。

むしろ逆で、ほとんど人間やめてるぐらいの魔力量があるんだそうな。

では、何で私が魔法を使えないのか？

正確に言うなら、使えなかったのか？

答えは単純で、己の身に宿る莫大な魔力を制御しきれないため、無意識のうちに制限を掛けてしまっていたかららしい。

つまり、使うと暴発しちゃうからいっそ使えないようにしちゃえって身体が判断したわけだ。

このおかげで、私は魔力過多にありがちなキツーイ体の不調に一切悩まされることなく成長できたわけだけれども、魔導師への道は完全に断たれた。

なにせ、身体の中で魔力をぐるぐる回すのがやっとで外には一切出せないのだ。

これじゃ、魔法陣の補助があったって火種ひとつ作れやしない。

冒険者を始めて、かれこれ二年。

それなりにキャリアを重ねてきた私がDランクに甘んじているのも、これが原因だ。

純粋な技量から言うと、せめてCにはなってないとおかしいのだ。

ついでに言うと、超天才の私が他のあらゆる可能性をほっぽり出して冒険者になった理由でもある。

――魔法を使えるようになる方法を求めて、大陸各地を旅したい。

それが、私がろくでなしの風来坊《ふうらいぼう》こと冒険者になった最大の目的。

もっとも、かたっくるしい家を飛び出して自由になりたかったってのも大きいんだけどね。

いい年して家に居たんじゃ、いつどんな男とくっつけられるかわかりゃしない。

こう見えて、私って割とお嬢様育ちだったからね。

そんな私が、初めて魔法を使えた。

十年来、夢にまで見た魔法を使うことが出来たのだッ！

指先からちょろっと火花が出るくらいのものだったけど、確かに使えた！

この手から、魔力を出せたッ!!

これが感動せずには居られるだろうか？

もう、胸の底から熱いものが込み上げて来て……！

「クッ、クッ……！」

骨の身体じゃ涙は出ない。

けど、泣き声を出して身を震わさずにはいられなかった。

骨になった時は本当にどうなることかと思ったけれど、まさかこんな展開があるとは。

良い意味で、完全に予想外だ。

神様、ありがとう。

これまでの人生で一度も感謝したことなんてなかったけど、今回だけは感謝しよう。

あ、感謝した分だけお礼はしてね。

倍返しでいいわ。

肉のついた身体に戻してくれるとか、肉のついた身体に戻してくれるとか、肉のついた身体に戻してくれるとか……。

とにかく、せっかく手に入れた魔法の力だ。

有効に活用しなくては！

使命感に燃える私は、ゆっくりとその場から立ち上がる。

ふふふ……今に見ていろモンスターども！

すーぐに魔法を使いこなして、みーんなまとめて蹴散らしてやる！

魔王滅殺真龍波《まおうめっさつしんりゅうは》ッ……なんってね！

そのためにも、まずは基本中の基本魔法であるファイアーボールの練習から。

魔力切れに注意しつつ、たくさん撃ちまくろう!!

まずは己の魔力限界をチェックしなきゃいけないからね。

魔力が尽きて動けなくなりましたなんてことになったら、洒落にならないから。

全身から発せられる魔力を指先に集中して、撃つ！

もういっちょ！

指先に魔力をかき集めて――。

「……スー、スー……」

あ、あれ？

三発撃ったところで、結構な倦怠感《けんたい》が襲って来た。

これさ、ひょっとしないでも魔力切れてきちゃったわよね？

う、嘘でしょ!?

こーんなしょっぱいファイアーボール三発で息切れなんて、未だかつて聞いたことないわよッ！

莫大な魔力って何なのさ！

魔導師ギルドの連中め、確かめられないのをいいことに、この私に嘘をついていたのねッ!?

「スーッ！」

どれだけ頑張っても、これ以上は出ない。

生命維持に支障がない範囲で使える魔力は、残らず使い切ってしまったようだ。

出そうとすると、意識が飛びそうになってちょっとヤバい気配がする。

必要なところの魔力まで使い切って、全然動けなくなっちゃいそうだ。

まったく、どういうことよ！

……いや、待てよ。

生前のスペックが完全には引き継がれていない以上、私自慢の魔力もやっぱり引き継がれていないってことなのかも……。

ああ、もうッ！

秘められていた魔力が解放されて、大魔法使い街道一直線だと思ったのにッ！

たったファイアーボール三発か四発分の余剰魔力で、なにしろって言うのよ！

期待させた分だけ性質《たち》が悪いわ！

勝手に期待したのは私だけど、むっかつくぅッ!!

しょうがない、今度こそ寝よう。

むしゃくしゃするときは眠るに限る。

魔法に使う余剰魔力は、生命維持分とは違って時間で回復出来るしね。

っと、その前に。
回復を早めるための腹ごしらえかな。
ふっふーん、いざという時のために芋虫肉はたくさん貯えてあるのだ！
壁際に積んだ芋虫の山を崩すと、ナイフで肉を切り出す。
……あ、そうだ。
このしょっぱい魔法でも、火種ぐらいにはなるかもしれない。
スリングを造った時のツタがまだ残っているし、あれを薪《たきぎ》にして肉を炙《あぶ》ってみよう。
これだけジューシーで美味しい肉だ、炙ったらさぞかし美味しいに違いない。
こうなったら、最後の魔力を……！
体を震わせて、どうにかこうにか魔力を絞り出す。
普段は軽い骨の身体が、ズンッと重みを増したように感じられた。
ぐ、さすがに結構堪《こた》えるわね……。
ともすれば、その場に倒れ込んでしまいそうだ。
だけど、こんなことで諦めてなるものか。
生肉ではなく焼いた肉を食べたいと言うのは、人類の本能なのよッ……！
火花を使って、ツタに火をつける。
おお、あったかい！

久しく感じたことのない、文明のあったかさだ。

生木が燃えて、パチパチと跳ねる音が耳に心地よい。

あとはこの火でお肉を軽く炙って――。

「スーッ!!!!」

なんだ、これはッ!!

生肉だったときは感じられなかった肉本来の旨みが、焼くことによって数倍にも引き立てられている。

革命だ。

人類は火を使うことによって画期的な進歩を遂げたと言うが、まさにその通りだ。

これは、食の革命としか言いようがないッ!

説明不要、旨いッ!!!!

「スースーッ!!」

熱々のお肉を口の中でフーフーしながら、私はその美味しさに悶絶するのだった――。

第十三話　思わぬ訪問者

火を手に入れて以降、私の食生活は格段に充実した。

熱を通すだけで、たいていの食べ物は美味しく変身してくれるのだ。

本当に大切なものって、失ってから初めて分かるのね。

当たり前のように使っていた火が、こんなにも素晴らしいものだったとは。

炎に万歳！

炎に栄光あれッ！

すべてのものを炎に捧げよッ！

万物は炎のためにッ!!

……ちょっとおかしくなりかけてた、ごめん。

でもとにかく、火は凄いのだ。

食べ物を美味しくしてくれるだけじゃなくて、焚火《たきび》をすればモンスターもあんまり寄ってこないしね。

暗いところも照らせるし、まさに万能だ。

とはいえ、料理をするなら素材自体もやっぱり重要。

元が悪くては、さすがの炎様も「食べられる程度」にするのがやっとだ。

という訳で、この階層のモンスターではダントツに美味しい芋虫狩りに来たわけだけど——。

「スーッ!!」

ああ、ゴブリンどもが居るッ!!

前は全然来なかったくせに、最近はしょっちゅう現れてからにッ！

岩壁の下を占拠するゴブリンの団体さんに、たまらずため息が漏れる。

ひいふうみい……五匹。

今日も今日とて、結構な団体さんだ。

自分たちには自分たちの狩場があるだろうに、どうしてここまで出張してきちゃうんだろう。

まったく、忌々しい！

しかし、今の私はこの間とは違うのだよ。

この手には芋虫狩り用のスリングだけでなく、鍛え上げられた鉄の剣があるのだ。

これをもってすれば、雪辱を晴らすことなど楽ちん楽ちんッ！

岩陰からゴブリンの群れへと躍り出ると、素早く剣を振るう。

ゴブリンたちはすぐさま槍やこん棒で応戦するが、剣の敵ではなかった。

粗末な武器ごと切って捨てていく。

あっという間に、五匹のゴブリンはその場に倒れ伏した。

「……スーッ」

いっちょあがりっと。

剣を手に入れるまでの苦戦が、まったく冗談みたいだ。

でも、ゴブリンなんてほんとはこの程度の魔物なのよね。

それに苦戦していた今までの私が、ちょーっと弱すぎたんだと思う。

ま、今は強くなったからいいんだけど。

しかし、こいつらどうしよう。

さすがに人型の魔物を食べるのは抵抗感があって、今まで狩りをしてこなかったんだよね。

この間の死体は、いつの間にか他のモンスターに食べられちゃったし。

ゴブリン肉を入手するのは、実はこれが初めてだ。

でも、私が倒した獲物だし。

他のモンスターに取られちゃうのも……もったいないよね。

こうなったら、炎様を信じよう！

炎様なら、炎様ならきっとこんな不味そうな奴だって美味しくしてくれる！

すっかり拝火教の信者となった私は、炎の力を信じてひとまずゴブリンを持ち帰ることにした。

どっこいしょっ。

ゴブリンの身体をツルで縛り上げ、一匹ずつ背負っていく。

こうして動かそうとすると、なかなかに重いわね。

やっぱり、筋肉ついてるからかなぁ……。

筋肉質なゴブリンの身体を、ちょっぴり羨ましく思いながらも無事にすべて運び切った。

あとはこいつを調理するだけ。

人型の魔物を解体することにちょっと抵抗感を覚えながらも、肉塊へと変えていく。

ここまでくるとナイフさばきも慣れたもので、死体は小一時間のうちにすっかり骨と肉と内臓とに分けられた。

あとは……お願いします、炎様ッ!!

美味しくなるように念を込めながら、じっくりと焚火で炙る。

スケルトンだから多分大丈夫だと思うけど、ゴブリンの肉なんて何が居るかわかりゃしない。

これでもかというほど念入りに、かつ黒焦げにならないところまで火を通す。

肉からしたたり落ちている脂が、あんまり出なくなったら食べ頃だ。

上手に焼けましたーっと！

美味しいかどうかは、まだよく分からないんだけどね。

とりあえず、見た目は合格点かな。

こいつらの持っていた槍を串代わりにして串焼きにしたのだけど、見た目は凄く普通だ。

屋台とかで売ってる串焼きと似たような感じである。

匂いも……意外といける。

普通に食べられそうね、これ。

思い切ってかぶりつく。

………おおッ！

どんな臭みがあるかと身構えていたけど、普通に食べられる範囲だ。

芋虫に比べるとやや赤みの味が強く、歯ごたえがしっかりとしている。

たまに歯に当たる筋は、筋肉の繊維だろう。

ゼラチン質で、牛筋みたいな味わいだ。

「スーッ！」

いやー、素晴らしい！

まさかゴブリンがこれほどの味わいだったとは。

芋虫にもさすがに飽きて来てたし、実に満足だ。

これからはこいつらを主食にしても良いかもしれない。

ゴブリンの方が芋虫よりも強いから、含んでいる魔力も多いしね。

手早い進化という意味でも、こっちの方が良さそうだ。

お腹もいっぱいになったことだし、今日は寝るかな。

っと、その前に。

魔法の練習をしなきゃね。

あれからいろいろと試行錯誤をしたのだけど、どうやら魔力量というのは使えば使うほど増えるらしい。

特に、魔力の自由分をギリギリまで使い切ってから回復させると伸びが大きいようだ。

もっとも生命維持分と別とはいえ、魔力を使い切っちゃうと体がだるくなるから、こうやって余裕がある時しかできないんだけどね。

指先に魔力を集中して、放つ。

指先に魔力を集中して、放つ。

もいっちょ！

指先に魔力を集中して、放つ――。

ふう！

今日はファイアーボールを八発も撃てた！

最初が三発だったことを考えると、かなりの成長率だ。

倍だもんね、倍ッ！

まあこんなの、さすがに序盤だけだろうけどさ。
それにしたって、なかなかのもんじゃないかな。
大魔導師への道を着実に歩んでいる……と信じたい。
魔力も使い切ったことだし、今度こそ寝よう。
体がだるくてしょうがないや。
いつものように毛布を敷くと、ゴロンッと横になる。
そして、顔を壁の方に向けてみれば――。
「ギャッ!?」
「カッ!?」
壁の下の小さな隙間。
そこからこちら側を覗《のぞ》き込むゴブリンと、眼が合ってしまったのだった――。

第十四話　逃亡中！

ゴブリンは鼻が利く。

どうやら目の前にいるこいつは、さっき私が焼いて食べたゴブリン肉の匂いを辿ってきたようだ。

スケルトンの身体になったせいか、五感が若干鈍っているせいで気づかなかったけど、ゴブリン肉の匂いは結構強かったらしい。

炎を使うからと、念のために開けておいた空気穴が完全に裏目に出てしまった。

焼き肉の匂いがそこから周囲に漏れて、私の存在に気づかせてしまったようだ。

……とにかく、このゴブリンを仕留めなくては！

私の情報を集落まで持ち帰られたら厄介なことになるッ！

普段は好き勝手に生活しているゴブリンたちだけど、群れへの大きな脅威に対しては徒党を組んで立ち向かう。

もしこいつが私のことを脅威だと知らせたら、最悪の場合、集落のゴブリンが総出で襲い掛かってくるかもしれない。

そうなってしまったら、さすがに今の私でも厳しかった。

何せ、人口だけは決して馬鹿に出来ない連中なのだ。

ゴブリンの集団が村を潰したなんて話は、実にありふれている。


急いで身を起こすと、すかさず剣を手にして穴に突っ込む。

当たった！

けど、傷が浅い！

眼を突かれたゴブリンは聞き苦しい絶叫を上げながらも、よろよろとその場から離れていく。

このままじゃ逃げられちゃう！

すぐさま立ち上がって後を追いかけようとするが、よろめいて倒れてしまった。

クッ、魔力切れが相当に効いてるわね……ッ！

剣を杖の代わりにして立ち上がったけど、これじゃゴブリンには追いつけない。


――こんな状況で群れに襲われたら、死ぬッ……！


久々に感じた死の気配。

ええい、こうなったら逃げるしかない！

とにかく、魔力切れ状態が回復するまでの間だけでも身を隠さなくては。
ここに居ては危険だ、一刻も早く脱出しないと。
布袋に最低限の荷物を詰め込むと、それ以外の全てを放棄して出発する。

――少しでも早く、一歩でも遠くへ！

部屋に私が居ないと気づけば、ゴブリンたちはすぐに私を捜すはずだ。
奴らは鼻が利くから、周辺に隠れていてもきっと見つかってしまう。
幸いなことに、ここしばらくの経験でゴブリンの生活範囲は大体把握している。
そこからできる限り遠ざかるようにしていけば、そう簡単には見つからないはずだ。

モンスターの少ない道を選んで、ひたすらに歩く。
普段ならそれほど重くは感じないはずの布袋が、さながら鉄塊のようだ。
一歩踏み出すたびに、足が床にめり込む錯覚すら覚えてしまう。
……惨めだ。
ゴブリンに住処を追いやられて、とぼとぼと歩く自分がひたすらに情けない。
気分は敗残兵って言ったところか。

必ず、捲土重来《けんどちょうらい》は果たすつもりだけどね！

よろよろと進んでいくうちに、通路から大空洞へと到達する。

ここをもう少し行けば、ゴブリンの生活圏内を抜けられる。

あとは、適当な岩陰で小休止でも取ろう。

とにかく今は身体を回復させることが最優先だ。

もしこんな状態でモンスターとばったり出会ったら、間違いなく死ぬからね。

どこか安全そうな場所はないかと、探すことしばし。

大空洞を今まで来たことがないところまで歩いてきた私は、ようやく安全そうな場所を見つけた。

岩壁の一部に巨大な亀裂が走り、その下がちょっとした洞窟となっていたのだ。

やれやれ、これで一息つける。

洞窟の中に入ると、そのまま壁にもたれるようにして腰を下ろした。

だがここで――。

「……ッ！」

闇の底から、何かが飛来する。

速い、かわせないッ!!

目にも留まらぬ速さで飛んできたそれに、全く対応することができない。

たちまち、全身が気味の悪い温かさに包まれる。

これは肉だ、間違いない！
巨大な肉の塊が、私の身体を器用に巻き取っている！
しかもその表面は粘液に覆われていて、いやーな感触だ。
「カハッ！」
目いっぱい力を入れるが、全く歯が立たない。
すぐさま剣で切ろうともしてみるが、ゴムのような感触が返ってきてダメだった。
表面を覆う粘液と肉の持つ柔軟性が、完全に刃を弾いてしまう。
――私は、私はこんな訳の分からんもんに殺されるのか!?
――しかも、ゴブリンから逃げている途中に!?
徐々に強くなる締め付けに、心がひんやりとした。
このままでは、骨格が砕けてしまうのも時間の問題だ。
もはや、これまでか……！
どれだけもがいてもビクともしない肉の拘束に、諦めすら頭をよぎってしまう。
けれどその直後、急に肉が解けて引っ込んでいった。
やがて闇の奥から、のっしのっしといつぞやの巨大トカゲが姿を現す。
私を締めつけていたのは、こいつの舌だったらしい。
「……カカカ」

なるほど、この洞窟はトカゲの住処だったってわけか。

で、侵入者を食べようとしたけれど骨だけしかなかったからやめたと。

私はその場にへたり込むと、ほっと胸をなでおろす。

まったく、びっくりさせられた。

けど、このトカゲが住み着いていて良かったかもしれない。

こいつの住処ならゴブリンは絶対に来ないし、他のモンスターだってそうそう中には入らないだろう。

そういう意味では、とても安全な場所だ。

気まぐれな家主が突然、骨食主義に変貌したりしなければね。

しょうがない、他に当てもないし今日のところはここで休もう。

唾が全身にくっついていて気持ち悪いけど、今は我慢するしかないわね。

ちゃんとした住処の確保と身体の掃除は、魔力切れが回復してからだ。

――ゴブリンどもめ、今に駆逐してやる！

私は決意も新たにすると、ひとまず布袋から『魔物大百科』を取り出すのだった――。

第十五話　ゴブリンロード

……よいしょっと！
取り出したのはいいけれど、結局枕の代わりにしちゃった。
いけないいけない。
『魔物大百科』を拾い上げると、表紙についてしまった砂をしっかりと払う。
冒険者の友となることを前提とした本は、それだけですっかり綺麗になった。
んーッ！
幸か不幸か、それなりに休んでしまったせいで体はすっかり快調だ。
感覚的にだけど、魔力もほとんど回復している。
では早速、ゴブリンどもを何とかする方法を考えるとしますか！
まずは大百科先生でゴブリンのページを……あったッ！
『ゴブリン

脅威度：Ｆランク
気候条件の極端に厳しい場所を除き、ほぼ全世界に分布するモンスター。

知能が高く、数十～数百匹規模の群れで集団生活を営む。

武器を扱うことができるため、戦場跡など上質な武器が容易に入手できる場所では危険度が上がる。

また、群れ全体を脅かすような脅威に対しては徒党を組んで対抗することがあるため駆除には注意が必要』

……うーん、ここまでは私も知ってるんだよね。

もっと他にはないのかな？

索引ページでいろいろと探してみると「ゴブリンの群れを刺激してしまった場合の対処法」なるそのものずばりな項目を発見する。

これよこれ！

さすがは大百科先生、魔物に関することなら何でも載っていると言われるだけのことはある！

『ゴブリンの群れを刺激してしまった場合の対処法：

ゴブリンが徒党を組んだ場合、その脅威度は単体のＦ評価から場合によってはＣ評価にまで上がります。こうなってしまった場合、最善の対処法はとにかく逃げることです。ゴブリンの記憶能力の問題から、徒党を組んだ状態は最大でも一か月ほどで解除されます。逃げて時間が過ぎるのを待つのが安全です。

逃げることが困難な場合は、群れを統率しているロード種を討伐するのが効果的です。ロードを討伐することで、群れは完全な烏合《うごう》の衆となります。ロード種は単体Cランク相当のモンスターですが、ハーレムでの交尾行動を非常に高い頻度で行っているため、その隙に攻撃すれば比較的安全に討伐することが可能でしょう。

ただし、この場合でも近衛のハイゴブリンらを突破する必要があるため低ランク冒険者には推奨しかねます』

おお、これは有用な情報だわ！
なるほど、ロードがヤッている隙をつけってことね。
こういうえげつない作戦、結構好きよ！
ゴブリンロードのマヌケで青ざめた顔が、眼に浮かぶようだわ……！
でも、やっぱり近衛は居るのか。
ロードが居る場所と言ったら集落の奥だろうし、たどり着くには骨が折れそうね。
どうしたものかな、作戦をちょっと考えなきゃ。

ゴブリンの集落は、大空洞の壁際にある。

さらに三方を空堀で囲んで、ちょっとした要害のような造りとなっていた。

ロードが住んでいると思《おぼ》しきデカい屋敷は、その一番奥の壁際にある。

これを正面から攻め落とすなら、たぶん軍隊が要るわね。

もしくは、ドラゴン退治に出かけちゃうぐらいの高位冒険者か。

たかだかゴブリンの癖に、なかなかどうしていいところに住んでいる。

ソロでしかも弱い私がここを攻めるとするなら、奇襲しかない。

でも、残念なことに集落は大空洞の中だ。

この手の作戦にお決まりの夜襲とかは、ちょっと厳しい。

ゴブリンたちは——私もそうなのだけど——外で暮らしているものと比べて、はるかに夜目が利く。

闇に乗じるとかはほとんど無意味だ。

こうなったら放火でもするか？

集落の建物は、ゴブリンたちが外から入手してきたらしい藁と木材で出来ている。

火の付いたものでも投げ込めば、あっという間に大炎上するだろう。

かなり効果的な作戦なんじゃないかな？

あー、でもこれだとロードを確実に葬ることが難しいかも。

炎に驚いて、早々に集落から脱出するなんてこともありそうだ。

そうなってしまうと、すぐにまた群れを再編するに違いない。

どこぞの暗殺者よろしく、いきなり現れて喉元掻っ切って殺すと言うのが理想だ。

雑魚ゴブリンをいくら殺したところで、あーっと言う間に増えて元通りになっちゃうからね。

ロードを確実にこの手で始末する、これは絶対条件として外せない。

そうなってくると、やっぱり集落へ忍び込むしかないか。

うーん、何か上手い方法はないものかな……。

……あー、もう頭痛くなってきた！

身体も、昨日の唾が乾いてパリッパリになってきちゃったし……。

とりあえず、これを拭いて綺麗にならないことには落ち着いて考えることもできないわね。

近くの壁際に、地下水とかしみだしてないのかな？

洞窟を出ると、壁に沿ってしばらく歩く。

こうして数分が経過したところで、足先が不意に冷たいものに触った。

湧水だ！

それも、結構な量が湧いている。

顔を上げて周囲を見渡せば、近くの壁際にちょっとした泉が出来ていた。

しめた、これならしっかりと身体を沈めて洗うことが出来るッ！

ふー、生き返るッ！

行水なんて、ひっさしぶりだからねー！

極楽極楽、最高の気分だわ。

このポイントはちゃーんと覚えておかないといけないわね。

泉のある場所が分かった以上、女の子としては毎日でも水浴びしなきゃ。

今までは水がちょこっとしか手に入らなかったから、拭くので精いっぱいだったのよねー。

気持ちよく水に浸《つ》かっていると、背中が何かに触れた。

ぶにゅんっと、妙に柔らかい感触。

気持ち悪ッ！

慌てて振り向けば、そこにはいつもの芋虫が居た。

そうか、水辺って苔がいっぱいあるからね。

この泉の周辺は、こいつらの餌場のようだ。

壁を見上げてみれば、遥か上方にもう一匹、芋虫がうにょうにょしているのが見える。

うわー、あとで駆除しておかないとな。

水浴びしてるときに落ちて来たりしたら、ちょっとした悲劇だ。

もし酸でもぶっかけられたら、泣けてくるしね。

……と、そう思ったところではたと気づく。
私の身体は骨、肉があった頃に比べて体重は十分の一もない。
剣を含めたとしても、男ならきっと片手で持ち上げられるくらいなんじゃないかな。
これだけ身軽なら、あるいは――！
壁を這う芋虫の姿を見ながら、私はニタアッと笑みを浮かべるのであった――。

第十六話　急転直下！

ふう……。

我ながら、お手製ピッケル一本でよくぞここまで高く登ったものだわ。

すっかり小さく見える地上の岩を見ながら、思わずため息を漏らす。

まさか、スケルトンの身体で壁登りをすることになるなんてね。

人生何が起こるかわからないもんだ。

ま、スケルトンだからこそ登っているともいえるけどね。

壁に突き刺した骨製のピッケル一本で体重を支えるなんて、身軽な骨じゃなきゃできない芸当だ。

お、集落が見えて来た！

一番手前の壁際に、ロードが居るであろう屋敷の屋根も見える。

たかだかゴブリンの癖に、悪くない家にすんじゃって。

こちとら、住処を奪われて洞窟暮らしだってのに。

その家、すぐに奪って別荘にしてやるわ！

よいしょ、どっこいしょ！

打ち込んだピッケルで体重を支えながら、わずかなくぼみに手足を掛けて進む。

ゆっくりゆっくりと。

岩壁はかなり丈夫だけど、それでも崩れる個所はある。

そういうところに体重をかけてしまわないよう、細心の注意を払いながら少しずつ。

次第に、ゴブリンの集落が大きくなってきた。

間近で見ると、なかなかの規模だ。

恐らく、数百はくだらない数のゴブリンが住んでいることだろう。

もっとも、その大半は私を捜しに出払ってしまっているようで、家の数の割に姿はまばらだ。

集落の端に、小さな見張り台があった。

一匹のゴブリンが、そこから熱心に周囲を見渡している。

これは予想外だ、見つかってしまうかも……！

慌てて身を縮めるが、ゴブリンは特に何の反応も示さなかった。

どうやら大空洞の中心ばかり見ていて、壁には一切の注意を払っていないようだ。

実にツイている。

や、ここは私の作戦勝ちかな。

まさか、スケルトンが壁を登って急襲を仕掛けるなんて、ゴブリンどもには思いもよらないだろう。
人間だってそうは考えないに違いない。
我ながらいい案を思いついたものだ、やっぱり私ってば天才ッ！
町に戻ったら、軍師にでも転職しようかな？
集落の直上を目指して、壁を横移動すること数分。
あともうちょっとというところで、私の行く手を灰色の群れが遮《さえぎ》った。
コウモリである。
天井に張り付いたコウモリが、あろうことか壁の上方まではみ出してしまっている。
チッ、めんどくさいわね。
あんまり下の方を通ると、ゴブリンにばれそうだから嫌なんだけど……。
コウモリの群れの、ほんの少しだけ下を素早く通り抜けようとする。
だがここで、あろうことかコウモリが私にまとわりつき始めた。
こら、あっちいけッ！
何でくっ付いてくんのよ、私なんて骨しかないわよ！
片手で必死に追い払おうとするものの、まとわりつくその数は次第に多くなっていく。
キキキキッと、コウモリの鳴き声が大きく響く。
岩で出来た壁と天井は、音を良く反響してしまうのだ。

「カカカッ!!」
集落のゴブリンたちは、まだこちらの変化には気づいていないようだ。
でも、このままじゃ気づかれるのも時間の問題か。
ええい、こうなったら覚悟を決めるしかないッ!!
女は度胸だッ!!
遥か眼下に聳える、ロードの屋敷。
その藁葺《わらぶ》き屋根に狙いを定めて、思いっ切り壁を蹴とばす。
とっべェッ!!!!
直後、風を切って唸《うな》る骨の身体。
見る見るうちに大きくなっていく地面。
とっさに体中の魔力を激しく循環させ、魔闘法を発動する。
体中の魔力が湧き上がり、瞬時に全身を覆った。
「グググッ!!!!」
屋根に身体が直撃する。
柔らかいはずの藁が、さながら針金のように体を刺した。
ちょっとでも気を抜けば、全身バラバラになりそうだ。
けど、魔力で強化された身体は衝撃に何とか耐え抜く。

そのまま屋根を突き抜けた私は、ストンッと床へ落ちた。

「……カカッ！」

いたたたたッ！

身が重い人間だったら、確実に死んでたわね。

こういう時だけは、骨の身体になって良かったと思う。

さあて、とっととロードを捜して討伐しなきゃ。

今の騒動で混乱しているうちがチャンスだ。

そう思って家の中を歩くと、すぐにそいつは見つかった。

ああ、生臭い……。

どうやら、今の今まで繁殖行為に『文字通り』精を出していたらしい。

傍らにやたらひょろっとしたゴブリンたち——たぶん雌だろう——を侍らせたそいつは、ゴブリンの象徴ともいえる腰蓑《こしみの》をつけていなかった。

ゾウの鼻みたいな無駄にデカいものが、デロンッとはみ出している。

まったく、汚いったらありゃしない！

「カカカッ！」

大百科先生の言っていた通り、ロードはお楽しみ中だったらしい。

完全にこちらの作戦通りだ。

今のこいつは何も武器を持っていないし、最大の弱点が露わとなってしまっている。

ま、苦労して手に入れた剣であれを切るのは御免こうむりたいけどさ。

ただ一つ気になる点があるとすれば……予想していたよりも体がデカかった。

ざっと見た感じだと、普通のゴブリンの五倍くらいはありそうだ。

ゴブリンロードって、ここまで体が大きかったっけ？

見た目だけなら、オーガともいい勝負ができそうなほどだ。

あとついでに、頭に冠《かんむり》みたいなものを被っている。

金色に光るそれは、もしかしなくても王冠のようだ。

こいつはまさか………ね。

王冠を被るゴブリンに、一種だけ心当たりがあった。

ゴブリンキング。

ゴブリン種の最上位で、ロードよりも一回りは強い奴。

ここまで進化することはまれで、目撃例なんてほとんどないけれど……うん。

こいつはキングだ。

この圧倒的なまでの貫禄《かんろく》は、間違いなく王のものだろう。

ゴブリンどもの活動が最近やたらと活発になっていたのも、恐らくはこいつのせいに違いない。

でも、ここまで来ちゃったら後には引けない。

剣を正眼に構えると、足を開いて切り込める体勢を作る。

そして——。

「カカカカカッ!!!!」

私の全身全霊を込めた一撃が、放たれた——!

第十七話　骨燃ゆる

私の放った最大の一撃。

それをキングは、肘を前に突き出して防いだ。

さすがは、キングの名がつくモンスター。

その肉は固く強靭《きょうじん》で、骨をも断るかと思われた一撃をどうにか途中で受け止める。

だが、傷は決して浅くはない。

体をひねって刃を引き抜くと、たちまち鮮血が溢れた。

たちまちキングの顔が歪み、苦悶の声が漏れる。

「グオオッ！」

「カカッ！」

良かった、攻撃が通じないわけじゃない！

さっきの一撃をもしかしたら弾かれるかもしれないと思っていた私は、ふっと安堵《あんど》の息を漏らす。

これならばまだ、戦いようがある。

この刃で肉を裂けるならば、キングといえども勝つ見込みはある！
「オオオオオオッ!!」
咆哮《ほうこう》。
キングのそばに侍っていたゴブリンたちが、散り散りになってその場を離れる。
あまりの音に、家鳴りがするようであった。
怒りに燃えるキングは、その剛腕でもって私に殴りかかってくる。
轟《ごう》と風を切る音が響いた。
ギリギリのところでかわされた拳は大地を穿《うが》ち、揺さぶる。
のわッ！
あまりの衝撃に、身体のバランスを崩しそうになる。
すかさず二発目のパンチが飛んできた。
こいつ、地面を揺さぶる威力のパンチを連続で打てるのか……!?
驚嘆しながらも、剣を盾代わりにして攻撃を捌く。
あえて踏ん張らずに足を浮かせた私は、その衝撃でポンッと天井まで飛ばされた。
梁《はり》に身体が当たって、屋根全体が揺れる。
速い。
そして、大振りな割に隙が無い。

圧倒的な身体能力に裏打ちされた戦闘力は、半端なもんじゃない。

見た目はただのデブの癖に、びっくりするほどいい動きをするッ！

こりゃ、とんでもない相手に喧嘩《けんか》売っちゃったかな……！

天井から着地した私は、キングから少し離れた場所で剣を構える。

「グオオッ!!」

まだ戦える私の様子を見たキングは、咆哮を上げると同時に柱に手を掛けた。

まさか、柱を引き抜いて武器代わりにするのか……？

そう思うが、そのまさかだった。

キングは自らの家が壊れることもいとわずに柱を抜くと、自らの身長よりもさらに長いそれを軽々と片手で振り回す。

もはや化け物としか言いようがない。

――こりゃあ、いよいよヤバい！

私にとって最大のアドバンテージであった武器の差が、これですっかり埋められてしまった。

剣と丸太では結構な差があるが、キングの筋力の前ではそんなの関係ない。

あの丸太が少しでも当たれば、私の身体なんてたちまち砕けてしまうことだろう。

リーチも、向こうの方が完全に上となってしまった。

「グアッ！」

横に振るわれる丸太。

信じられないほどの速さに、とっさに魔闘法を使う。

ふう、かろうじて避けることが出来た。

けど、あんまり魔闘法を多用することもできない。

魔闘法によって消費される魔力は少ないが、もし魔力切れなんてことになったら私の負けだ。

考えろ、考えるのよシース・アルバラン！

この状況を打開できる方法を、とにかく考えるんだ。

私の使えるカードは、魔闘法とファイアーボール。

魔力の都合から考えると、どちらも全力で使えるのは五回まで。

それ以上使うと、動きが鈍る恐れがある。

――ちッ、考えれば考えるほど絶望的じゃないッ！

あまりの状況の悪さに、たまらず歯ぎしりしてしまう。

そうしている間にも丸太が振るわれ、回避に魔闘法を使ってしまった。

このままじゃ、いずれにしてもじり貧だ。

今すぐに何か手を打たなければ、魔力が尽きて負けるッ！

死の冷たい手が、すうっと背中を撫でたような気がした。

――死んでたまるか！

身体の奥底から、ふと怒りが湧いてくる。
何に怒っているのかははっきりとしない。
こんな状況に陥ってしまったことへの怒りか、はたまた己の弱さへの怒りか。
あるいは、その両方かもしれなかった。
けど、とにかく腹が立ってしょうがなかった。
こいつを倒さなければ収まらないと、心が叫ぶのだ。
——こうなったら！
めちゃくちゃな作戦が、頭をよぎった。
まともな人間だったら、絶対にやろうとはしないしできやしない。
でも、今の私だったら。
『骨の身体を持つ』今の私なら、出来るッ!!
「カッ！」
剣を振るうと、屋根を支えている丸太をぶった切った。
それと同時に、葺かれた藁に向かって全力のファイアーボールを放つ。
本職の魔導師が放つそれと比べて、あまりにも弱弱しいファイアーボール。
しかし、着火剤としては十分だった。
炎は瞬く間に屋根全体に広がり、ひと塊となって落ちてくる。

「ウガアアアッ!!!!」
たちまち、周囲は火の海と化した。
キングも私も、揃って激しい炎に包まれる。
藁と丸太で出来た屋敷は、それはもうよく燃えた。
天をも焦がすような火柱に、さすがのキングもなすすべがない。
「カッ！　カハッ！　スースー……！」
熱いッ！
熱い熱い熱いッ!!!!
灼《や》けつく身体が、信じられないほどの痛みを伝えてくる。
肉なんてどこにもないはずなのに、己の身が激しく炎上しているようだ。
全身の隅々までを、剣で切り付けられたような激痛が襲う。
——平気だ、私は死なない。
自分で自分に言い聞かせる。
この身体は骨だ、炎だけでは死なない。
全身が軋みを上げようとも、それだけでは死なないはずだ……！
炎と言っても、木が燃えているだけだから温度はそれほど高くない。
耐えられる、絶対に耐えられるはず……！

必死になって、自分で自分に暗示をかける。

それよりも今は、確実にキングをやらねば……！

精神力だけで体を動かすと、身悶えするキングのもとへと向かう。

このまま暴れられたのでは、致命傷を与える前に炎から脱出される恐れがあった。

何としてでも、止めを刺しておかなければいけない。

残された最後の力で剣を振り上げると、思い切りキングの腹へと振り落ろす。

そして――！


「カカカッ！」

――ファイアーボールッ!!!!

剣に直接魔力を注ぎ込み、そこから腹にたっぷり蓄えられた脂肪へと火をつけた――！

第十八話　大いなる骨の可能性

……勝った。
あのとんでもないデカブツを相手に、勝った！
勝ってやったわッ！
おぼろになっていた意識が、ゆっくりと戻ってくる。
周囲を見渡せば、キングの屋敷どころか集落全体がすっかり焼け野原となっていた。
火の粉が飛び散り、結局、全部燃えてしまったようだ。
ゴブリンたちもすっかり逃げ出したようで、あたりには全く人気《ひとけ》がない。
……ちっさくなったわねェ。
視線を下ろせば、そこには完全に燃え尽きてしまったキングが居た。
たっぷりと付いていた脂肪が綺麗に燃えてなくなり、一回り以上も縮んでいる。
真っ黒になった皮膚に恐る恐る触ってみれば、パラパラと崩れ落ちてしまった。
完全に乾いてしまったその感触は、さながら砂の人形のようである。

私の予想だと、この胸の奥辺りに……あった！

でーっかい魔石ッ！

スケルトンウォリアーの時の五倍くらいはあるわね！

拾い上げるとずっしり重く、手を持っていかれそうなほど。

鉄塊……いや、金塊みたいな重さだ。

掌いっぱいの金塊なんて、今まで持ったことないけどさ。

さてと、今日のところはこれだけ持ってトカゲの洞窟へ帰ろう。

キングを倒したしまず大丈夫だと思うけど、あんまり長居するとゴブリンたちが戻ってくるかもしれない。

……ん、んーッ!!

骨の身体といえども、さすがにあれだけの炎に炙られるのはきついか。

全身からポキポキッと、ちょっとばかり怖い音がする。

このまま過ごしていたら、何かの拍子に骨折してしまいそうだ。

とっとと魔石を食べて、進化しなければ！

進化で損傷が回復するかは分からないけれど、このままだといかにもマズイ。

………ッたァ！

小指が、足の小指がやられたッ!!

歩き出そうとした矢先に、小指がポロッと逝ってしまった。

この身体が受けているダメージは、どうやら私自身が想像しているよりもずっと大きいらしい。

そりゃ、ダメージ受けるだけのことはしたけど……!!

一刻も早く戻らないと、ヤバいッ!!

……それから洞窟までの道中は、あまり良く覚えていない。

気が付けば私は、例の洞窟の入口に立っていた。

満身創痍《まんしんそうい》。

いつバラバラになってもおかしくない身体を、よろよろと壁に向かって横たえる。

……はあ、はあ。

疲れ知らずのはずだというのに、荒い息が漏れる。

死ぬか進化するか、道はもう残されていない。

もしキングの魔石を食べても進化しなかったら、諦めるしかないわねこりゃ。

重くてしょうがない魔石を持ち上げると、口へ放り込む。

それを無理やりに飲み込んだ瞬間、喉の奥で魔力が爆発した。

旨いなんてもんじゃない!

言い表しがたいほどの衝撃に、身体全体がドンッと跳ねる。

莫大な魔力が見る見るうちに全身へと行き渡り、身体の構造を急速に作り替えていく。

これが……進化ッ！

何と、暖かで心地よい感触だろう。

てっきり、初めて魔石を食べた時のように激痛が走るものだとばかり思っていたけど、まるでその逆だ。

全身がほのかに暖かく、風呂にでも入っているかのよう。

あまりの気持ちよさに力が抜けて、自然と表情が緩んでしまう。

身体が光り始めた。

蛍をかき集めたような燐光が、骨という骨から放たれる。

やがて変化が始まった。

まずは、傷ついていた個所が見る見るうちに修復されていく。

ひび割れが治り、欠けていた部分がゆっくりと生える。


続いて全身の骨が、沈んだ銀色へと変化した。

これは、スケルトンウォリアーへの進化か？

そう思っていると、身体の変化はそれだけにとどまらなかった。

銀の輝きが見る見るうちに強まり、やがて鉄黒へと反転していく。

さらにそこへ紅が加わり、最終的に血を固めたような深紅となった。

これが、私の新しい身体？

色が変わっただけのような気がするけれど……。

というか、こんなスケルトン居たっけ？

モンスターにはそれなりに詳しいつもりだけど、深紅のスケルトンなんて初めて知った。

もしかしなくても、結構な貴重種なんじゃないだろうか？

こういう時は、大百科先生に聞こうっと。

スケルトンのページから、派生種を順繰りに探して……あった！

『スケルトン・ヴァーミリオン
脅威度：Cランク
深紅の骨格を持つ、不死族のモンスター。
卓越した武人および魔導師の骨から生まれるとされており、その実力は相当に高い。
人間に近い戦い方をすることから、対人戦に慣れていないと苦戦は必須。
別名「冒険者殺し」とも呼ばれており、スケルトンだと思って油断すると痛い目を見るので注意が必要だ。
魔王戦争の際に英雄たちの骨から大量のスケルトン・ヴァーミリオンが産まれたとされているが、近年では目撃例が減っている。

出現率が下がった原因として、冒険者の実力低下が挙げられることもあるが真偽のほどは不明』

おお、かなり強そうな種族になれたじゃない！
これはあれかな、私が弱くても才能にあふれた冒険者だったからなれたってことか？
死して才能が開花するって、何かカッコいいわね！
悪くない気分だわ……へヘッ！
このペースで進化していけば、すぐに吸血鬼にでもなれちゃうんじゃないの!?
喜びのあまり、どこかオッサンのような笑い方をしてしまう私。
そうしていると、不意に意識が遠のいていった。
これは……進化するのにエネルギーを使い切っちゃった的な？
いきなり意識が遠のくって、ちょっとこま――。
なすすべもなく倒れた私は、しばらくの間、強制的に眠るのだった――。

第十九話　下層を目指して

——そろそろ、別の食べ物を食べたい。

進化を遂げてから数日後、順風満帆《じゅんぷうまんぱん》だった私のもとにとうとう恐れていた事態がやってきた。

あれだけ美味しく感じていた芋虫の味に、とうとう飽きちゃったのだ。

まあ、基本は朝昼晩と芋虫の焼き肉だからね。

たまに趣向を変えてゴブリンを食べたりしたけど、いくらなんでも飽きて当然か。

ちょうど、強くなって第一階層が物足りなくなってきていた頃でもある。

スケルトン・ヴァーミリオンに進化した私は、ここらじゃ完全に無敵。

あれだけビビっていた巨大トカゲにも、やり方次第では余裕で勝てると思う。

洞窟の家主として、居候の私を他のモンスターから守ってくれているありがたい存在なので、トカゲさんは食べないけどね。

こうなったら仕方がない。

このままここでのんびりしていたんじゃ、いつ人間らしい身体を取り戻せるかわからないし。

新たな敵を求めて、第二階層へ出発だッ!!

……って、肝心の階段の場所を私は知らないんだけどね。

毎日の生活に必死で、今まであんまり探索を進めてこなかったからなあ。

最初に丸一日かけて隠し部屋の周辺を探ったけど、それっきりだ。

今なら余裕もあるし、ここはひとつ冒険者らしくダンジョン探索と行きますか!

まずは、大空洞の探索から始めよう。

このだだっ広ーい空間をどうにかしないことには、第一階層の探索はままならない。

恐らくだけど、通路部分は後から出入りのために付け足したような感じがするし。

メインじゃなさそうなのよね。

私は荷物を手に洞窟を出ると、ひとまず今まで自分が居た方角とは逆の方向へと歩いてみる。

ずんずんと、とにかく奥へ。

しかし大空洞の端へは、丸一日歩き続けてもたどり着けなかった。


……思った以上に広い。

スケルトンの体力は、なんてったって無尽蔵だ。

人間なら休憩が必要なところをずーっと歩き続けたというのに、果てがない。

このダンジョン、私が思っていたよりも遥かに大物かもしれないわね。

何だか、呆れを通り越してちょっと怖くなってきた。

当たり前のことだけど、ダンジョンには製作者が居る。

たまーに自然の洞窟にモンスターが住み着いてダンジョンのようになっていたりもするけど、この場合は通路の造りとかからして明らかに人工だ。

となれば、これだけの物を作った何者かが存在するわけで。

一体どんな凄い奴なら、こんなとんでもないダンジョンを作れるのだろう？

少なくとも、人間には無理だ。

魔法を使ってダンジョンを作る方法もあるけど、こんな規模の物を作ったら国がいくつ傾くことかわからない。

……まさか、魔王とか？

魔王戦争が始まる直前、魔王が一番大切な秘宝をダンジョンの奥底に封印したと言う噂がある。

その秘宝の在処《ありか》を求めて、冒険者はもちろん国までもが躍起になったが、秘宝どころかそれを封じたダンジョンすら見つからなかったという話だ。

このダンジョン、今まで未発見だったみたいだし……まさかね。

伝説の魔王が造ったと言うなら、この規模もうなずけるけどさ。

そんなとんでもないダンジョンにそう簡単にたどり着けるとも思えないし、そもそも魔王の存在自体が胡散《うさん》臭い。

おとぎ話だと「その一撃は山をも砕く」とか「大陸の上半分がえぐれているのは魔王の仕業」とか言われているけど、そんなの居たら人間なんて滅んでるわよ！

……ま、そんなこと気にしても意味ないか。

誰が造ったって、ダンジョンはダンジョンだし。

それよりも重要なのは、二階へと続く階段である。

上りか下りかは分かんないけど、これを見つけないことには始まらない。

私はとっとと進化したいのよ！

新しいお肉をたくさん食べて!!

野宿もそこそこに、元気よく再出発。

さらにそこから半日ほど歩いたところで、それは見えて来た。

………うん、確かに私は階段を求めてはいたけどさ。

この形態は、さすがに予想外というか……。

やっぱり、このダンジョンを造ったのは魔王だ。

魔王でもなきゃ、たかだか階層間の移動にこんなとんでもないものを作らないと思う。

だって、ねえ……。

周囲がどれだけあるのか分からないぐらい巨大な穴。

小さな村ぐらいなら丸ごと入っちゃいそうなその縁に、白い階段が備え付けられていた。

その幅は、華奢《きゃしゃ》で肩幅の狭い私でなんとか身を縮めずに歩けるほど。

そんな階段が、遥か地の底を目指して延々と螺旋《らせん》を描いている。

どんだけ段数あるんだろ。

下手すりゃ、一万段ぐらいあるかもしれないわね……。

ざっと見る限り手すりなんて親切なものはもちろんないし、休憩できそうなところもない。

こわごわと覗き込んでみれば、下から風が吹き上げてくる。

もちろんというべきか、穴の底は見えなかった。

さらに下の方では、鳥の群れがギャーギャーと鳴き声を上げて飛んでいる。

周囲のものと比較するに、それらの鳥はどう見ても人間よりもデカかった。

明らかにモンスターだ。

階段を下りていくと、いずれこいつらが襲い掛かってくるという趣向だろう。

……何が何でも、下にはいかせないってか？

製作者の悪意がビシバシと感じられる。

でもこんなの、馬鹿正直に攻略する必要もないわよね。

えーっと、一番近いところに居る鳥は……あいつかッ！

私はある鳥に狙いを定めると、ツタで造った投げ縄をぶつけたのだった――。

第二十話　新たなる力を！

「カッ！」

投げ縄が鳥に巻き付いたことを確認すると、手繰《たぐ》り寄せてピンッと張らせる。

そしてそのまま――。

「カカカッ！」

ひゃっふうッ!!!!

縄を頼りに、穴の中へと身を躍らせる。

猛烈な風が耳元で唸り、骨の身体全体がヒュウと鳴る。

気分は大きなブランコ。

鳥は突然私の体重がかかったことに驚きつつも、落ちることなく踏みとどまってくれた。

さすがに、身体がデカいだけのことはある。

私はそのまま反対側の壁近くにまで振られ、また戻っていく。

のわッ!!

暴れるんじゃないってば！
邪魔っ気な縄を振り払おうと、いきなり鳥が暴れ出す。
縄の先にしがみついている私は、グワングワンッとめちゃくちゃに揺れた。
ええい、こうなったら首根っこ押さえるしかないわね！
身軽さにモノを言わせて縄を登ると、抵抗する鳥の足に手を掛ける。
「クゥアアアアッ!!」
足に触られるのが、よっぽど嫌だったらしい。
鳥はその身体に見合ったドデカイ鳴き声を上げると、右へ左へとめちゃくちゃに飛ぶ。
ぐえ、気持ち悪い……！
人間だったら確実に吐いてるところね……！
あまりのめちゃくちゃさに目を回しながらも、絶対に手だけは離さない。
むしろ、暴れるたびに力を強めてやる。
するとさすがの鳥頭も学習したのか、無理に抵抗することをやめた。
よーしいい子だわ！
あとは背中に上ってっと……。
出来た、鳥使いシースちゃんの完成ッ！
翼の上にまたがると、首の付け根をがっしりと掴《つか》む。

もはやすべてを諦めたのか、鳥は「クァァ……」と大怪鳥らしからぬ情けない声を出した。

「カカカッ！」

さあ飛べ、地の底を目指してッ!!

鳥の首を無理やりにこちらへ向かせると、下へ行けとジェスチャーをする。

すると、見た目の割に賢いこいつは首を縦に振って分かったと返して来た。

さすがは私、鳥とすぐに友達になれるとは。

真に心を通じ合わせるためには、言葉なんていらないってことね！

私の指示を受けて、下に飛び始める鳥。

きっもちィッ――――！

最高の気分だわ！

空を飛ぶのがこんなにもいいものだったとはね。

この鳥さんとは、穴を脱出した後でも仲良くしなきゃ！

頬を撫でる風の感触に、たまらず大歓声――と言っても骨を鳴らすだけだけど――を上げる。

そうして調子よく底を目指していると、周囲の鳥がいきなりこちらへ向かって来た。

私に向かって、くちばしが勢いよく突っ込んでくる。

危ないッ!!

羽毛にしがみつき、どうにかギリギリのところで回避をする。

そう簡単に、先にはいかせませんってか？
鳥に乗っちゃうなんて、ズルもだめってこと？
ええい、そっちがその気ならこうだッ!!
――ファイアーボールッ!!
掌に魔力を集め、放つ。
進化した私のファイアーボールは、ゴブリン程度なら丸焼きにする威力がある。
そう、ちゃんと攻撃手段として使えるぐらいになったのだ！
さらに攻撃回数も増えて、一日につき二十発ぐらいなら撃てる。
この飛び道具さえあれば、怪鳥なんぞ……！
「クアアッ!!」
鳥は翼を翻すと、回転しながら素早く進路を変えた。
げッ、思った以上の旋回性能だ。
仕方ない、こうなったら連続で撃つしかないわね！
ファイアーボールッ！
ファイ――。
うわァッ!!
突っ込んできた鳥を回避して、集中が途切れる。

くっそ、そんなにかわるがわる突っ込まれたら魔法を撃つ余裕がないじゃない！

鳥頭の癖に連携なんぞしてからに！

進行方向を見やれば、底はまだ見えない。

あとしばらくはかかりそうだ。

何とか、そこにたどり着くまでの間は凌がないと！

再びこちらを追いかけてくる鳥たちの方を見やると、カチッと歯を鳴らす。

ファイアーボールがダメとなると、遠距離魔法はもうない。

鳥が突っ込んでくる瞬間を狙って、ナイフで切り付けてやろうか。

……いや、それはダメね。

こんな不安定な足場でナイフを下手に食いこませると、身体が持っていかれるかもしれない。

私の身体は軽いのだ。

踏ん張りがきかない場所では、そのことをとにかく意識しなくちゃ。

けど、このままずーっと攻撃を回避するのも厳しい。

何とかしなければ。

けど、どうやって？

ファイアーボールは速度が遅いから、簡単に回避されちゃうし……。

そうだ、もっと速度の速い魔法を使えばいいのよ！

魔力も上がったことだし、今なら違う属性の魔法だって使えるはずッ！
掌をかざすと、意識を深く自身の内へと沈める。
体内の魔力の流れをはっきりと感じられるようになった。
今度はそれを掌へと集め、変換するイメージだ。
とにかく速そうなもの——そうだ、雷が良い。
バチバチと、弾ける稲妻を放とう！
頭の中で、轟《とどろ》く雷鳴をイメージする。
すると、掌に集まっていた魔力が少しずつ変化してきた。
これだ、この感触だ！
手ごたえを感じた私は、変質した魔力を一気に解き放つ——！
——サンダーボルトッ!!!!
にわかに青い稲妻が迸《ほとばし》る。
バチバチバチッと、木の幹を無理やりに引き裂いたような炸裂音がした。
稲妻は瞬く間にこちらに迫る鳥の身体へと殺到し、翼を焼いた。
肉を焼かれた鳥は絶叫すると、すぐさまこちらを離れていく。
他の鳥もその様子を見て、次々と離脱していった。
大成功ッ!!

こんな極限状態で新しい魔法を覚えるなんて、私ってば天才！
才能が開花するのがちょーっと遅かったけど、これは将来の大魔導師間違いなしッ!!
こうして自画自賛をしていると、何やら下の方が明るくなってきた。
いよいよ穴の底か？
急いで進行方向を見やると、そこには――。
「………カッ!?」
一面の緑。
迷宮の中らしからぬ、大密林が広がっていた――。

第二十一話　空を征する者

穴を抜けた先は、地下空間——というよりは、地下世界とでもいうべき場所だった。
大空洞もたいがい広かったけれど、その比ではない。
大地には密林がどこまでも広がり、天井もずーっと高かった。
地下だと言うのに空があって、その遥か高いところには太陽のようなものまで見える。
魔鉱石か何かを光らせているのだろうけど、とんでもない代物だ。
切り取って売り払ったら国が買えそう……ま、無理だけどさ。
でも、実物の太陽と違って浄化能力までは無いようだ。
アンデッドの身体でも、熱くなるとか灰になるとかそういうことは全くなかった。
それどころか、ひっさびさにお日様を堪能《たんのう》出来て気持ちが良い。
ふああァ……落ち着いたら日向ぼっこして、お昼寝でもしようかしらね。
そのためにもまずは、地上へたどり着かなきゃ。
「カカッ！」

「クアァ!!」

怪鳥の首元を叩くと、水平飛行へと移らせる。

首をガッチリ押さえているおかげか、実に素直でいい反応が返ってくる。

よしよし、見た目はいかついけどなかなかに良い鳥じゃない。

余裕があったら、こいつを飼いならしてもいいかも。

これだけ広い地下世界、いちいち歩いて移動するのもめんどくさいしね。

……決めた、こいつを私の足にしよう！

そうと決まれば行け、鳥よッ！

とりあえず着陸できる場所を探して！

足で胴体を叩くと、グンッと速度を増す鳥。

地下らしからぬカラッとした風が頰を撫でて、景色がみるみる後ろへ飛んでいく。

おお、速い速い！

穴を抜けるときは景色が変わんなかったから分かりにくかったけど、こりゃ予想以上上ね！

やっほーいッ!!!!

こうして、調子よく空を飛んでいた時だった。

何かが飛んできたわけでもないのに、いきなり鳥が急停止した。

不意を突かれた格好となった私は、そのまま振り落とされてしまう。

ステン、ズドン、ドドドンッ!!

放り出された私を、すぐさま木々の枝が受け止めてくれた。

木の葉がクッションとなり、落下の勢いが段階的に弱められていく。

しかし、結構な高さから落ちただけあって衝撃はかなりのものだった。

地面に衝突した途端、痛みを通り越して全身が麻痺したような感覚が伝わってくる。

危うく、バラバラになるところだったじゃない！

ギリギリのところで耐えた私は、恨みの籠《こも》った眼差しで空を見上げた。

だがそこに居たのは――。

「……!?」

とんでもなく巨大な影が、空の彼方から迫って来ていた。

さっきまで私が乗っていた鳥の、十倍近くはありそうだ。

いったいなんだ、あれは！

とっさには影の正体が分からなかったが、とにかくヤバそうな気配は伝わってきた。

まだ結構距離があるはずなのに、全身の震えが止まらない。

寒さなんて無縁のはずの身体が、冷たくて仕方がなかった。

恐ろしい。

いつもは眠っているはずの本能が呼び覚まされ、逃げろと警告してくる。

寄らば大樹の陰とばかりに、私はすぐさま一番近くの大木の陰へ身を隠した。
背中を丸くして、出来る限り身を小さくする。
次第に近づいてくる翼の音。
どんな奴が迫ってくるのか、振り向いて確かめる勇気はとても持てなかった。
ただひたすらに、頭を抱えていることしかできない。
なんなんだ、この恐怖感は！
ゴブリンキングと相対した時でさえ、感じたことのなかったものだ。
やがて私の恐怖がピークに達したところで、何かが裂かれるような音がした。
同時に、鳥の悲鳴のようなものが聞こえてくる。
この声は、さっきの鳥か？
私がそう思っていると、何かが目の前に落ちた。
——鳥の足だッ！
私が乗っていた鳥の足が、ボトッと落ちて来た。
お手製の投げ縄が絡まっているから、間違いない。
圧倒的な力で引き裂かれたらしいそれは、見るも無残な断面を晒していた。
うげ……ッ！
吐き出すものなど体のどこにもないと言うのに、喉がもぞもぞと気分が悪くなる。

今まで結構グロテスクなものは見て来たけど、来て早々いきなりこれはね……ッ!!
体の震えが、さらに大きくなる。
あの鳥は、何だかんだで結構強いモンスターのはずだ。
身体が大きいし、何より飛ぶ速度が速い。
空中戦に持ち込めば、そうそう負けることはないだろう。
それをこうまであっさりと倒してしまうなんて、よほどの大物のはずだ。
それこそ、空の王者たるドラゴンでもなければ――。
――何が居るのか確かめなければ、これからのためにも。
身体の震えを押し殺し、どうにかこうにか振り返る。
するとそいつは、獲物をくわえて悠々と飛び去って行くところだった。
大きく広げられた皮膜の翼。
獰猛《どうもう》さを隠そうともしない、長い角と光る鱗。
陸上生物にも負けない力強い四肢。
間違いない、ドラゴンだ。
それも、存在感からして飛竜とかの雑魚じゃない。
大自然の猛威とも呼ばれる、上位竜の一角だ！
「……カカカッ！」

……はは、ははははは！
ふざけんじゃないっつーのッ!!
上位竜と言ったら、Sランクの大物じゃないのよ！
あんなの、どうすりゃいいっつーのよッ!!!!
管理者出てこい、こんな迷宮クリアできるかーッ!!
……はあ、はあ。
ひとしきり叫んで疲れちゃった。
しかし、ドラゴンが居るとはさすがに予想外だ。
というか、あんな化け物が居るぐらいの場所ならさ。
もしかして……。
――第一階層に比べて、他のモンスターもめちゃくちゃ強いかも？
最初のお気楽気分がどこへやら。
何ともはや、イヤーな予感が走り抜けたのだった。
いや、マジでどうするの？
私の第二階層探索は、まだまだ始まったばかりだ――！

第二十二話　新たなる美味

……しょっぱなから、とんでもない大物に出会ったもんだわ。

立ち上がろうとすると、あれから結構時間が経っていたにもかかわらず、まだ足が震えた。

ひとまず、鳥に乗って移動するというのは危険そうだ。

穴の怪鳥たちがあまりこちら側に出てきていないところを見ても、この階層の空はあいつが支配していると見て間違いない。

空に上がったら、たちまち食い殺しに来るだろう。

逆に、地上の森はそれなりに安全かもしれない。

木々が相当な密度で生い茂っているから見えにくいし、着陸する場所もないからね。

上からブレスを吐きかけることぐらいは出来るだろうけど、そこまでやることはまずないだろう。

ブレス攻撃はドラゴンにとってもエネルギーの消費が激しいので、あんまりやらない行動の一つなのだ。

……ま、横着せずに地上を探索しなさいってことかな？

やれやれと肩をすくめると、剣を手にゆっくりと歩きだす。

視界があまり利《き》かない上に、何が生息しているのかもわからない。

どれだけ警戒しても、警戒しすぎると言うことはなかった。

全神経を研ぎ澄まし、一歩一歩、着実に歩んでいく。


こうして進むこと、数十分。

私の聴覚に、今までとは違う涼やかな音が飛び込んできた。

川だ！

ざわざわとした水音に心躍らせ、すぐさま駆け出す。

やがて視界が開けて、美しい清流が姿を現した。

ふー、これで一息つけるわね！

見晴らしのいい河原に出た私は、軽く伸びをして体をほぐす。

今後の探索は、この川を拠点にすることにしよう。

この場所なら物陰から急襲されるなんてこともないし、火を使っても山火事にならない。

飲み水――なくても死にはしないんだけど、あった方が気分が良い――の確保もできるしね。

おッ！

あそこの木、木の実がなってるッ!!

赤くて小さな、サクランボみたいなやつだ。
それが一房に三つずつ、たくさん連なっていた。
食べられるかな……？
たぶん毒があっても平気だろうけど、味は感じちゃうからね。
あんまり不味いのも勘弁してほしいところだわ。
ま、あんまりひどかったら吐きだせばいいか！
どうせ毒なんて効かないんだしね、と呑気に構えた私はそのまま木へと近づいた。
すると、遠目では見えなかったけれど隣の木にもしっかりと実が付いていた。
オレンジのような色をした、これまた美味《おい》しそうな果実である。
これはぜひ押さえておきたい。
さらに、他にも何本か実のなっている木を近くに見つけてしまった。
素晴らしいッ！
まさに天然の果樹園じゃないッ！
興奮した私は、手当たり次第に果物を採る。
「カカカッ！」
いやあ、採った採った！
たくさんあったからって、ちょっと採り過ぎちゃったかな？

手に果実を抱えきれなくなったところで、ひとまず河原へと戻る。
そして周囲の安全を確認したところで、まずは赤い方からかじってみた。
たちまち、口いっぱいに甘酸っぱい風味が広がる。
「カカッ！　スースーッ！」
旨《うま》い！
めっちゃくちゃ美味しいじゃない！
ああ、久々に感じる甘みと酸味が五臓六腑に染みわたる……！
たまんないわね、これは！
ああ、世の中に存在していたいろいろな食べ物の味を思い出す……！
そうよ、この世には肉以外の味もあったのよ！
感動だわ、これこそ食よッ！
人は肉のみで生きるにあらず、果物や野菜も必要なのよッ!!
天に拳を突き上げると、しばし喜びを噛みしめる。
こうしてひとしきり感動したところで、森の方から耳障りな唸《うな》りが聞こえて来た。
……来たわね、厄介な連中が。
さーて、どんな化け物が居ることやら。
ドラゴンが住み着いていることだし、ブラッディベアーか？

はたまたグレートウルフか？

今ならBランクぐらいまでなら何とかする自信があるけど、さすがにAランク以上は勘弁し――。

「グラアア！」

「ガルルル！」

……なーんだ、警戒して損した！

姿を現した獣たちの姿に、ちょっぴり拍子抜けする。

森からそろそろと姿を現したのは、普通のフォレストウルフだった。

群れでDランク相当のかなり一般的なモンスターである。

はぐれなら、私も冒険者時代に何体か討伐したことがある。

今回はしっかり群れを作っているようだけど……ふッ！

剣を引き抜くと、そのまま群れに向かって躍りかかる。

ウルフたちもまた、こちらへと飛びかかってきた。

――遅い！

冒険者時代は速く感じたウルフの動きが、手に取るように分かる。

どうやら、今の私は人間だった頃よりも遥かに強くなっているらしい。

うすうす感じてはいたけれど、こうも肉体の性能が違うとはね。

元人間としては複雑なところだ。

けどまあ、今は素直に喜ぶとしよう。
こんな犬っころ、すぐに切り捨ててやる！
飛びかかりを回避すると、返す刃でウルフのわき腹を裂く。
スッと赤い筋が走った。
うーん、ちょっと浅いかな。
骨になったせいか、攻撃が少し軽くなっていた。
けどまあ、そこは数で勝負だ！
攻撃を回避しながら次々と斬撃を浴びせ、瞬く間にウルフたちを血に染める。
ふー、退治完了！
結構手早くやれたわね！
しかし、一撃でズバッといけなかったのがちょっとショックかも。
フォレストウルフぐらいならいいけど、厚い毛皮を持つ奴が現れたらちょっと厳しい。
身体の軽さからくる、攻撃力の不足か。
そこは今後の課題ね、対策を考えなきゃ。
あんまり美味しくないウルフの肉でも、魔力を得るためには必要だ。
後ろ足を掴《つか》むと、そのままずるずると果物を置いた近くまで運んでいく。
なかなかどうして、死体ってのは重いもので結構な重労働だ。

あー、こんな時に圧縮袋でもあったらなー！

舌打ちをする代わりに、歯を鳴らしていると――。

「あー、果樹園が荒らされてるー!!」

どこからともなく、少年のような声が聞こえて来たのだった――。

第二十三話　ダンジョン内の出会い

——まさか、こんなダンジョンの奥底に人間が居るの？

そんなことあり得ないとすぐさま否定的な考えが頭をよぎるが、私に生活道具一式を残してくれた推定冒険者さんのこともある。

Aランクとかランクとかになると、たいがい人間やめているからね。

食料もありそうだし、意外とここで生活している人とかも居るのかも？

私はとっさに岩陰へと身を隠すと、どんな奴が現れるのかこっそり様子を窺《うかが》った。

すると木々の間から、ほわほわと光の球のようなものが現れる。

——あれはもしかして、精霊!?

精霊って言うのは、ある種のエネルギー生命体である。

どうやって誕生するのかは未だによくわかっていないけれど、自然界に漂う清浄な魔力に意志が芽生えることで生まれると言われている。

木とか岩とか、そういった自然物に蓄えられた魔力がある日突然、自我を持つらしい。

ただし、相当環境のいい場所でないと産まれないから目撃例はかなーりまれだ。

ある日、近所の木から精霊が産まれるとかそういうことは起こらない。

だから出会うことが難しいうえに、契約すれば強力な加護や祝福を貰えるので、冒険者の間では「幸運の象徴」とも呼ばれている。

まさにラッキー！

こんなところで精霊と出会えるなんて、私ってばツイてる！

精霊の加護があれば、戦闘力アップは間違いなしだ。

さてさて、どんな加護を貰おうかな？

加護次第では、いきなり人間に戻れたりしちゃったりして。

うーん、まあでもさすがにそれは難しいかな。

とりあえず、魔力大幅アップは基本として――。

「いったい誰がこんなことを……！　せっかく、苦労して育てたのにーッ！」

……むむ。

もしかしてこの精霊、私が果物を持ってきちゃったことをめちゃくちゃ悲しんでいる？

さっきは調子に乗って、結構取っちゃったからなあ。

精霊は自然を愛するって言うし、ここは素直に詫びを入れた方が良いか？

でも、犯人だってことを認めたら加護はもらえなさそう。

こうなったら、証拠を隠滅しちゃうしかないかしらね！
ちょっと惜しいけれど、加護のため……ええいッ！
目の前に積まれた果実の山を、そうっと川に流してしまう。
これで完璧だ。
あとは通りすがりのスケルトンさんを装って、精霊さんの前に現れればいい。
コミュニケーションが取れるかちょっぴり不安だけど、精霊は念話が出来たはずだ。
こうしてしっかりと思考できている以上、スケルトンの私とだって――。
「あれ、こんなところにスケルトンが居るのですー！」
「カカッ!?」
びっくりした！
いつの間にか、精霊さんが私の後ろに居た。
これは、ちょっとばかりまずいことになったかもしれない。
とっさに、目の前を流れて行こうとしていた果実を回収する。
これはさ、冷やそうとして失敗したのよ、うん。
冷やした方が美味しいかなーっと思って……。
果実を取ったこと自体は事実なんだけど、それはお腹が減っていたからだし……ね？
――言い訳よ、何とか伝わって！

全身全霊でもって、ジェスチャーを送る。

するとと精霊さんの光がにわかに強まった。

まぶしッ！

放たれた閃光に、思わず目のあたりを手で覆うのもつかの間。

頭の中に、音が響いてくる。

どうやら、精霊さんが念話を使い始めたらしい。

『聞こえますー？』

『ええ、聞こえるわよ』

『あ、返事が返ってきた！　やっぱり、ただのスケルトンじゃなかったんですねー』

『あったり前よ！　私を誰だと思っているのよ！』

『誰だと思っているって、そんなこと言われても困るのですよー！』

何ともはや、情けない感じの返答だ。

語尾も間延びしているし……というか、さっき聞いたのと違って声が女の子っぽい。

『あ、それは精霊に性別ってものがないからですよー。女の子にも男の子にもなれるのですー』

『なるほど、便利ね。レディースランチも食べられるし、男限定のガッツリ定食も食べられるってわけ！』

『……何だか、発想が凄《すご》く小さいのですー!!　もっと神秘を敬ってくださいー！』

『そこは結構重要なとこよ。ギルド食堂のレディースとガッツリを両方制覇するのは、私の長年の夢なんだから！』

『……はあ、そうなのですかー。しかしスケルトンさん、あなた全然スケルトンっぽくありませんね？　こんなところに居るのも変ですし、話を聞いている限りだと人間っぽすぎる気がするのですー』

何を言っているんだか。

私はふうっとため息をつくと、肩をすくめて見せた。

元人間なんだから、人間っぽいのなんて当たり前じゃない。

はっきり記憶が残っているのは、相当まれだとは思うけどさ。

『むむ、記憶が残っているのですかー？　普通のスケルトンでそれは、ちょっとありえないはずなのですが……』

『え、どういうこと？』

『普通のスケルトンが生まれる原理は、僕たち精霊とよく似ているのですー。そこには亡くなった人の魂とかまったく関係ないので、記憶を持っているなんてありえないのですよー。高位種族になると、話は違ってくるのですけどー』

『そうなの？　でも私、現に記憶を持ってるしね。あんたの勘違いなんじゃない？　それか、私が天才過ぎるスーパースケルトンだとか』

『うーん、そんなことはないと思うのですが……』

『ま、いずれにしても私は私よ。どんな経緯で記憶を持ってるのかとかは、全然関係ないわ。それよりも、これから先のことよ！　進化を繰り返して何とか肉のある身体に戻りたいんだけど、協力してもらえない？　スケルトンじゃ街にも行けないし、不便でしょうがないのよ！　だからさ！』

——契約とか、契約とか、契約とかして！

直接念は送らないけれど、頭の中でイメージしまくる。

すると精霊さんは私の言わんとする——実際には念を送るんだけど——ことを察したのか、少しくたびれたような思念を送ってきた。

『めちゃくちゃ急ですが、分かったのですよー！　契約してもいいのです。何だかひねくれてますけど、根は悪そうな人ではないですし』

『おっしゃァッ!!　苦労した甲斐があったわ！　果物のことがばれそうになった時は、ホントにどうしたものかと思ったけど……』

『果物のこと？　なんですかー、それは』

『ああ、こっちの話よ！　それよりも、すると決めたらとっとと契約の話を進めましょ！　えーっと、私が何を出してどんな加護を貰えるのかしら？　ええ！』

必死こいて詰め寄ると、精霊さんはなんだか困ったような思念を送ってきた。

そして、こう話を切り出す。

『……なんだかすごく期待されているようなのですが、正直言って僕の加護はあんまり強くはないのですよー』

『そこまで強力なのは、私も求めてないわ。ちょっとでいいのよ、ちょっとで！』

『…………実は僕、ちゃんと属性を持つ前にこの迷宮に飛ばされちゃったのです。なので、加護を与えても特定の魔法が強くなるとかそういう効果はないのですよー。あと、力も弱いので能力アップとかも見込めないのですー』

……ここにきて、一気にハードルを下げて来た。

こいつ……もしかして、ほとんど力のない精霊なのか？

性別の感じがコロコロとして安定しないのも、単に未熟だからって気もする。

精霊の加護って一柱からしかもらえないって言うし、こいつから貰うのちょっと不安になってきたわね。

生涯に一度のチャンスなら、もっとすんごい精霊から貰いたい。

『じゃあいいわ。別の精霊を探してみるから。時間を掛けさせて悪かったわね、じゃ！』

『あ、待ってほしいのです！　僕と契約をする利点がないわけではないのですよー!!』

『何よ！　契約してほしいのかしてほしくないのか、はっきりしなさい！　私ねえ、まどろっこしいのは苦手なのよッ！』

『は、はい！　契約はぜひしてほしいのですよ！　仲間の精霊の中で、僕だけ契約してもらえなかったので……』

『それなら、契約した時の利点を言いなさい！　三十秒以内で！』

『え、ええ!?　えーっとそうですね、僕は力は弱いのですけど魔力探知に長《た》けているのですよ。相手のモンスターの魔力量を割り出したり出来るのです。契約して加護を与えれば、スケルトンさんにもそれが出来るようになるはずです！』

お、結構いい利点があるじゃない！

魔力探知が出来るってのはいいわね。

でも、それぐらい修行すればできるかも。

即決するにはちょっと弱いかなー。

そんなことを思っていると、精霊さんが『実演するからこっちを見て！』と念を送ってくる。

どれどれと振り向いてみると、何とも大人しそうな草食獣が水を飲んでいた。

『しっかりと見ていてください！』

『ええ！』

『そりゃ、出ました！　『28』です！』

どうだと言わんばかりに、誇らしげな思念を送ってくる精霊さん。

草食獣の脇には、確かに『28』という数字が浮いていた。

まさかこいつ――。

28

『あんた、相手の魔力量を数値化できるわけ!?』
なんという便利能力ッ！
驚愕《きょうがく》した私の声にならない叫びが、そこらに響いたのだった――！

第二十四話　そりゃあ、無理ってもんよ！

敵と戦ううえで、相手の力量を知ると言うことは極めて重要だ。

相手の力が分からなければ、勝てる戦いにも勝てやしない。

冒険者ギルドがわざわざモンスターや冒険者をランク分けしているのは、依頼を割り振る際に便利だからというだけではない。

冒険者たちに、どのモンスターがどれくらいの強さで、自分たちとはどれくらいの差があるのかを具体的に分からせるためでもある。

例えば、私が戦ったゴブリンキング。

こいつが強いということはランク制が導入される前から良く知られていたのだけど、たかがゴブリンの親玉と舐《な》めてかかって死ぬ馬鹿が結構居たらしい。

でも、ランク制が導入されて「Bランク」と分類されてからはそういう事故はかなり減った。

ゴブリンキングの強さがはっきりとした指標で示されたので、無鉄砲な初心者とかでもちゃんと警戒するようになったらしい。

ただこのランク制度、万能ではない。

私みたいな天才スケルトンはまれだと思うけど、モンスターにだって個体差がある。

例えばウルフとかは、群れのリーダーと下っ端では相当の力量差があったりする。

ロード種と下位種くらいの違いになるとランクも分けられるのだけど、さすがにそういう細かいところまでは対応していない、というか出来ていない。

そんなことを言い出したら、さすがのギルドでも管理できないからね。

モンスターの魔力量を、細かい数字で把握できる。

モンスターの戦闘力はだいたい魔力量に比例するから、これはモンスターの戦闘力を把握するに等しい。

うん、凄い。

派手さはないけど、メッチャクチャ使える能力だ。

力がないからってこんな技を編み出すとは、この精霊さんなかなか侮《あなど》れない。

可愛い声してるけど、実に渋くていい仕事してくれている!

『喜んでもらえたようで、嬉《うれ》しいですー。お気に召してもらえたようですねー!』

『ええ、素晴らしいわよこれ！　ちなみに、この数字は何を基準にしてるの？』

『ノーマルなスケルトンを、10ってことにしてますー』

『……む、ということはあの動物はスケルトンの三倍近く強いってこと？』

いかにも人畜無害って感じの草食獣を見やる。

のんびりとしたタヌキのような姿のそいつは、体も小さくて見るからに弱そうだ。

雑草を幸せそうにはむはむするその姿は、体のあちこちに泥や枯葉が付いていなければ、何かのマスコットにでも収まっていそうなほど。

凶悪な奴にはおよそ見えない。

『はい。ブラウンタヌーは、怒ると強烈な体当たりを食らわせてくるのです。細い木ぐらいなら、それで折れちゃうのですよー。怒らせなければ大人しいモンスターですけれども』

『あー、そういえばそんなモンスターも居たわね……しかし、三倍……！』

上流階級の奥様が、首に巻いていそうなちっこいタヌキで三倍。

改めてスケルトンの弱さに絶望するわね……。

でもま、スケルトンはスケルトンでも私は進化しているから結構強いはずなんだけどさ。

でも……ねえ？

『ちなみに、ゴブリンとかだとどれくらいの数字？』

『15くらいなのですー。でも、連中は武器を使うので実際にはもうちょっと強いはずなのですよー』

『……Fランクの中でもかなり格差あるわね』

『スケルトンは、僕が知るモンスターの中ではたぶん最弱なのですよ』

『…………分かっていたけど、改めて言われたくない事実だわ』

どよーんとした雰囲気を漂わせながら、ため息をつく。

どうせ生まれ変わるなら、さっきのドラゴンみたいなやつとかが良かったなあ。

空中からガオーって人をビビらせるのとか、凄い気持ちよさそうだ。

あー、でもそれだと人間に戻る見込みが全くないか。

うーん、でもこの弱さはね……。

『あ、スケルトンさんは結構強いのですよ？』

『スケルトンさん？　ああっと、私のことか。これからはシースでいいわ、シースで。紛らわしいったらありゃしないから』

『ならお言葉に甘えて。シースさんは結構強いのですよ、数字出してみましたけど『１５８』って出ているのです！』

『おおおッ!!!!』

約十六倍ッ!!

私がスケルトンになったのが、だいたい一か月くらい前だっけ？

日付感覚がほとんどないけど、まあそんなもんだったはずだ。

一か月で、十六倍！

トイチなんてもんじゃないわね！

……ああ、とっさにそろばんを弾いてしまった自分がちょっと乙女的に悲しい。

けどまあ、成長したのはいいことだ！

『契約、してもらえますか？』

『もっちろん！　素晴らしいわよ精霊さん！』

『良かったですー！　僕も、この『エコー』を苦労して編み出した甲斐があったのですよー！』

えっへんと胸を張る精霊さん。

わざわざ技に『エコー』なんて名前を付けてるあたり、相当愛着持ってるみたいね。

しかし『エコー』か、使う時に言ったらカッコいいかも。

相手に聞こえたら台無しだから、ささやく感じだけど。

『それで、精霊さんの方は何が欲しいの？　私、見ての通り裸一貫って感じだから魔力ぐらいしか渡せないけど』

『魔力は大丈夫なのですよー。それよりも、ちょっとして欲しいことがあるのです』

『なに？　エッチなこと以外ならだいたいいいわよ』

『エッチって、骨にそんなことお願いしないのですよ……実は、僕の造った大事な果樹園がモンスターに狙われてまして。それをちょっと、守ってほしいのですー』

ん、果樹園？

それって、さっき私が果物を集めた場所のことよね。

モンスターって、もしかしなくても私のことを言ってる？

そ、それは……！

『……そういえば、シースさんの足元にある果物にちょっと見覚えがあるような？』

『え、これ？　やだなあ、さっき森で拾って来たのよ！　落ちてたからもったいなくて！　もしかして、あなたの果樹園のあたりだった？』

『むむ、落ちていたのです？』

『え、ええ。モンスターにやられちゃったのかもしれないわね。それで、せっかくだから冷やして食べようと思って川に入れてたんだけど、流しちゃって』

……ごくり。

これで、上手く誤魔化されてくれるか……！

汗が滲み、にわかに体温が跳ね上がったような感じがした。

頼む、気づかないで……！

『そうだったのですかー、回収してくれてありがたいのですー！』

『ど、どういたしまして！』

やった、誤魔化せた！

ふ、精霊なんて純粋過ぎる奴、私にかかればチョロイもんだわ。

心の奥が、針で刺されたようにチクッとしたけれど。

嘘はもうやめよう、心臓があったら破裂してそうだ。

『そ、それでさ。狙われているって、どんなモンスターに狙われているの？』

『森のモンスターは、だいたい果物が好きなので荒らしに来ちゃうのですが……一番ヤバいのは、ぜーんぶ食い尽くそうとする狼王《おおかみおう》ラーゼンさんですね！』

……………ん、こいつ今なんて言った？

何だか、凄いヤバそうな単語が聞こえたのだけれども。

『……えっと、そのラーゼンとかっていう奴は数値どれぐらいなの？』

『あいつが出てくる前になるべく避難するので、詳しくないですが……１０００は超えているでしようか』

精霊さん、あんたやっぱり馬鹿だわ……！

第二十五話　拠点を作ろう！

私は昔から、無理なものは無理だとはっきり言えるタイプだ。

というより、自分で自分を誤魔化すとかそういう器用なことが出来ない。

だから今回も精霊さんを『それはさすがに出来ないわよ！』と、軽くひっぱたいてその場を離れた。

果樹園の果物食べちゃったこととか、結構後ろめたかったけどそれはそれ。

いくら私でも、素の能力が十倍近くもある奴に挑めるかっつーの！

エコーは魅力的な能力だけど、そもそもそういう無謀な戦いをしないための能力だと言うに。

まるっきし、本末転倒じゃあないか！

「カカカッ！」

河原をズンズンと下流に向かって歩く。

まったく、えらいのに時間を取られてしまった。

私としては、とっととと進化をしてこんな場所からおさらばしたいって言うのに。

やっぱり、旨い話には気をつけなきゃね！

そうしてしばらく歩いていくと、目の前に青が広がった。

湖だ！

爽やかに煌めく水面が、遥か彼方まで続いている。

相当の大きさで、歩いて周囲を回るなら半日ぐらいはかかりそうだ。

こんなものまであるとは、このダンジョンは凄いとしか言いようがない。

ホントに、いったいどこの誰がこんなものを作ったんだか！

……しかし、私にとっては好都合かもしれないわね。

湖の周囲なら見晴らしも良いし、船か何かを作っておけばいざって時には簡単に逃げ出せる。

これだけの大きさなら、魚も結構いるだろう。

拠点を設けるなら、さっきの河原よりもいいかもしれない。

あの果樹園の果物は、惜しいんだけどね。

まあ精霊さんの持ち物のようだし、森に出れば果物ぐらい見つけられないこともないか。

「カカカカッ！」

そうと決まれば、とりあえず家を作ろう！

土地はあるから、まずは材料の確保ね。

第一階層のことを考えると、最低でも一か月ぐらいはこの階層に滞在することになるかな。

雨は降らないだろうけど、ある程度は丈夫なのを作らないといけないわね。
モンスターに襲われたときに、少しは役に立ってくれないと困るし。
となると、材料は木しかないか。
釘とかは用意できないから、丸太を組んで作るのがよさそうね！
森に入ると、適当な太さの木に思いっきり飛び蹴りを食らわせる。
バサバサッと凄い音がして、枝や葉が揺れた。
……うーん、やっぱりダメか。
筋力はそれなりについてきたと自負するけれど、いかんせん、重さが足りない。
勢いよくぶつかっても、たかだか骨じゃね。
さあて、どうしたものか。
剣は持っているから、これで切り倒そうと思えば出来るかもしれない。
でも、剣は剣であって斧ではない。
木を切るには根本的に不向きだし、もしかしたら途中で折れちゃうかもしれない。
苦労してウォリアーから奪い取った品だから、大事にしたいところだ。
となれば、ひたすらに根性で木を蹴り飛ばし続けるしかないか?
何だか、伐採作業というよりもはや修行ね……。
しょうがない、ちょっと危険かもしれないけど倒木を探しに行こう。

これだけ広くてモンスターの住んでいる森だ、倒れている木の一本や二本はあるはずだ。

それにいつまでも、この森にビビっているわけにもいかないしね。

この森——いえ、この階層に住むモンスターたちを薙《な》ぎ倒して、私は強くなるんだからッ！

こうして強い決意を胸に、森へと歩き出してすぐのことだった。

ブヒブヒと豚が鼻を鳴らすような音が、背後から聞こえる。

振り向けば、そこにはずいぶんと立派に育ったクレイジーボアの姿があった。

どこまでも突進してくることで有名な、猪型のモンスターである。

確か、ランクはC！

いきなり猛突進してくる上に、毛皮が分厚くってなかなか致命傷を与えられない厄介な奴だ。

「……カッ！」

軽く歯ぎしりをするのと同時に、ボアの身体がすっ飛んできた。

デカい割には速いッ！

驚きながらも、私の身体はしっかりとボアのスピードに適応していた。

突進を避けた瞬間、剣で切り付けたのだ。

しかし——。

「カカッ！」

硬いッ！

太い毛が針金みたいになっているじゃないッ！
まずいわね、私の軽い攻撃じゃこいつを倒すのにどれだけかかることか！
スケルトンの体力は無尽蔵だけど、ボアもたいがいタフな奴だ。
一発当たれば終わりって状況を、そんなに続けられるとも思えない。
こうなったら、ちょっと隙が出来ちゃうけど魔法だッ！
近くの木の上に一時避難すると、そこからボアに向かって狙いを定める。
するとボアは、私が魔法で狙っていることなどお構いなしに突っ込んできた。
その動きはほぼ一直線で、実に読みやすい。
ふ、そんないかにも脳筋って感じの動きをしてたら一発よ！
――ファイアーボールッ!!
掌《てのひら》から、人間の頭ほどのサイズの炎が飛び出す。
まさに毎日の鍛錬の成果！
最初は火花ぐらいしか出せなかったのが、ここまででっかくなったのだ！
威力も大きさに比例し、ゴブリンくらいならまとめて焼き殺せる。
いけ、ファイアーボールッ!!
このデカイノシシを焼き尽くすのよッ！
「ブルゥ!!」

「……カッ!?」

放たれた炎は、ボアの額へと見事に命中した。

しかし、すぐに消えてしまった上に軽い焦げ跡くらいしかつかない。

うっそ、毛皮に耐火性能まであるわけ!?

いくら針金みたいな毛をしているって言ったって、私の最大火力よ!?

全く通用しないってどういうことよ、ねえ!

あまりのことに動揺していると、ボアが木に衝突した。

ドドーンッと落雷みたいな音がする。

その直後、バリバリバリッと嫌な音を響かせながら幹が裂けた。

どんだけパワーあんのよッ!!

私は傾いていく木から、すぐさま隣の木へと飛び移る。

身軽な骨の身体は、猿みたいな動きが出来るようだった。

「ブヒヒンッ!!」

私が地面に落ちなかったことが気に入らなかったのか、ボアは不機嫌そうに鼻を鳴らした。

そして前足で地面をたたくと、再度、突進の姿勢を取る。

げ、また来るわけ!?

あんなデッカイ木をへし折って、自分だって結構痛かっただろうに……あッ!

こうやって木から木へと飛び移っていれば、あいついつまでも突進し続けてくるんじゃないの？

そうなれば材木も確保できるし、あいつだって弱ってくるはず。

なーんだ、一石二鳥じゃない！


こうして数十分後。

私は大量の材木とボアの死骸をえっちらおっちら引きずりながら、湖畔へと戻ったのだった――。

第二十六話　技を考える

できたー!!

マイホームの完成だッ!!

作業日数、だいたい三日。

素人の割に仕事が早いのは、疲れないことを良いことに、作業に励みまくった結果である。

スケルトンの身体って、こういう時にはホント便利だ。

動物の骨で木を削りだす作業なんて、人間の身体でやっていたらたぶん筋肉痛で死んでるわね。

全体を見渡してみると、少し床が傾いていたり、三角のはずの屋根がいびつだったりする。

けどまあ、大丈夫だろう。

雨降らないし、地震が来たら建て直せばいいし。

重要なのはモンスターに対する防御性能で、そこだけはしっかりとしてある。

木を組み合わせて作った外壁の外に、さらに砦のように丸太を並べてがっしりと取り付けてあるのだ。

クレイジーボアの突進攻撃でも、たぶん壊れないんじゃないかな。

試してみたことはないし、試したくもないけど。

ふ、我ながらいい仕事をしたものだ。

言葉に表せない、何か達成感のようなものを凄く感じる！

これが、何かをやり遂げるってことなのね!!

どこかあったかくていい気分だわ、だけどちょっと……休もうかしらね。

体が疲れないからって、時間感覚が無くなりそうなほど作業に没頭するのはちょーっとまずかった。

連日連夜の作業で精神的にちょっぴりくたびれてしまった私は、さっそく家のベッドで横になることにした。

そう、この家にはベッドがあるのだ！

ここ一か月もの間、まったく無縁だったあのベッドが！

ふっかふかとはいかないけれど、干し草をクッションの代わりにしてある。

外で寝るよりはずっとましな寝心地だろう。

家に入ると、部屋の奥に備え付けてあるベッドに飛び込む。

干し草の感触が、全身を柔らかに包み込んだ。

お日様の匂いをたっぷりと感じられる。

毛布一枚で石の上に寝てた時とは、大違いだ。

ああ、一時的に使うだけとはいえ家を作って良かった！

これがなかったら、ずーっと野宿生活だからね。

「スー……」

さてと、落ち着いたところで今後の課題を少し考えてみよう。

進化を目指すうえで、何よりも必要なのはより強力なモンスターの魔石か肉だ。

当然だけど、それらを得るためにはモンスターを討伐しなくちゃいけない。

一応、進化した私はこの階層のモンスターとそこそこ渡り合えていた。

でもそれじゃ足りないのだ。

普通に毎日食事をするぐらいでは、全然進化できそうな気配がしないからね。

ただのスケルトンだった頃と比べて、モンスターを食べた時の感覚は明らかに弱くなっている。

より強い魔物を倒さないといけない。

それが身に迫る実感としてあった。

けどそうなると問題なのが、私の攻撃力の無さだ。

この階層のモンスターたちは、毛皮を纏《まと》っている種族が多い。

それに対して、私の軽い攻撃では圧倒的に力不足だ。

手数にも限度があるし、力を強くしたところで体重の都合がある。

どれだけ勢いよく斬《き》りつけたところで、その反動で私の身体が吹っ飛んでしまえば意味はないのだから。

……はあ。

ホントはこういう時、魔法がしっかり使えればいいんだけどね。

人間だった頃はほとんど使えなかったから、そこまでしっかり学んでなかったのよ！

今のところ、私が使用可能なのは各種の初級魔法だけ。

それ以上はちょっと難しい。

どうしたもんかなあ……。

どこぞの勇者みたいに、光の剣とか持ってれば話は早いんだけど。

武器も、いま使っている鉄の剣以上の奴はそうそう手に入らなそうだし……。

ズバババババッて、稲妻の出る剣でもあれば……。

そこまで考えたところで、ふと思いつく。

そういえば、ゴブリンキングを倒した時に私、剣に魔力を通してたはずだ。

あの時は無我夢中でやったからあんまり意識してなかったけど、あれが解決策になるかもしれない。

魔法剣。

剣に魔力を走らせ、各属性の攻撃を纏わせるのだ。

聞いたことのない技だけど、やればできるかもしれない！

そうと決まれば、実践あるのみ！

いきなり変なことして剣が壊れても嫌だから、まずは木の枝を使おう。

家の外に出ると、落ちていた枝を拾って剣の代わりとする。

とりあえずは……そうね。

木の枝を使うし、ライトニングボルトからやるとしよう！

掌に集めた魔力を、剣に向かって流し込んでいく。

途端に、剣のあちこちから魔力が拡散し始めてしまった。

むむ……集中だ。

流れ出す魔力を、剣の表面にとどめようと踏ん張る。

膜が出来ていくようなイメージ……であっているのかな？

とにかく魔力を剣にとどめて、少しずつ性質変換していく。

うわ、難易度高いわね……！

自分の身体ではない物質を介しているため、魔力コントロールの難易度が跳ね上がっていた。

少しでも気を抜けば、青いオーラが空中に四散してしまう。

く、負けるもんか！

とにかく集中だ、集中!!

気持ちを落ち着かせて、魔力の扱いに奮闘すること数十分。

さすがに魔力の残量が厳しくなってきたところで、枝の表面をバチッと火花が走った。

これだ、この青い火花だ！

間違いなく雷の力で引き起こされたであろうそれを見て、思わず拳を握る。

こういうのは、糸口さえつかんでしまえばあとは早い。

「カカカッ!!」

よっしゃァッ!!

二度目の火花が出た！

このやり方で、方法としては恐らくあっているみたいだ。

あとはそれをいかにして持続し続けるかだね！

威力も、このまんまじゃあまりにも低いし……要検討だ。

こうして、それからしばらくの間は余剰魔力が尽きるまで魔法剣の練習をしたのだった――。

第二十七話　思わぬところで

ダンジョン第二階層には、夜がないらしい。

お日様の代わりに光るでっかい魔鉱石の塊は、一日中ずーっと変わらぬ輝きを提供している。

最初のうちはその光を気持ちよく感じていたのだけど、一週間——私の腹時計による——もすると、どうにもうっとうしく感じて来た。

第一階層の暗がりは平気だったから、たぶんこの身体の本能なんだろう。

命にかかわるような状態ではないんだけど、頭が冴えないことこの上ない。

睡眠を四時間ぐらいしか取らなかった日の朝って感じだ。

「…………カカッ!!」

ああ、もうダメッ!!

ぼんやりして、魔力も練れやしない!

手にしていた木の棒を投げると、その場で寝っ転がる。

湖の中に落ちた棒が、シュバッと聞いたこともないような音を出した。

あの忌々しい太陽め……！

でーっかいトンカチでも用意して、カチ割りたくなってきた。

あともうちょっとで、魔法剣を習得できそうだというのに。

周りが明るすぎて落ち着かないことこの上ない。

――暗がりが良いなら、おうちの中で練習すればいいじゃない！

一時はそう思ったこともあったのだけど、危うく火事になりかけた。

まだまだ制御が不安定だから、魔法が暴走していきなり火花を吹いちゃったりするのよね。

私が火じゃ死なないことは身をもって実践したけれど、だからと言って焼けたいわけじゃない。

死なないからって、身体を焼かれるのはもう二度とごめんだ。

私にそういう変な趣味はない。

ないったらないッ！

……閑話休題。

森の中は薄暗くてだいぶマシだけれど、家の中と同じく火事になりそうだから却下。

消去法的に、練習できる場所は湖畔にある日当たり抜群の平地しかない。

ここなら万が一の時にもすぐ消せて安全なんだけど、うーん……。

こうも日差しが厳しいと、他の場所を探した方が良いかもしれない。

あちこち探しまわれば、この階層にも第一階層みたいな通路部分があったりして。

そうと決まれば、行ってみますか。

せっかくおうちを造ったんだし、徒歩圏内にそういう場所があると良いんだけど……。

剣を腰に下げて、今まで行ったことのない方角へと向かってみる。

今までおうちの建設と魔法剣の練習を優先していたので、結構行動範囲は狭かった。

小一時間も歩けば、すぐに行ったことのない場所へとたどり着く。

「スースーッ！」


しばらく歩いていると、そこだけ緑がこんもりと盛り上がった場所が見えて来た。

空を見上げれば、遥か彼方にある天井がちょっぴりえぐれている。

長年の間に、天井の一部が崩落したようだ。

その残骸の上にまでいつしか森が広がって、ちょっとした山のようになっているらしい。

ま、経緯はともかく山があると言うことは……近くにその陰がある！

私は走り出すと、急いで山の裏側へと回り込む。

するとそこには――。

「カカカッ!!」

予想した通り、陰だ！

しかも、斜面に沿って洞窟まで空いている！
ラッキー、洞窟の中なら火事の心配はないし暗さもバッチリッ!!
練習するには最高の場所じゃない！
神様ありがとう、感謝するわ！
ナイスッと指を鳴らすと、慎重に洞窟の中へと足を踏み入れる。
こういう洞窟は、獣たちの住処《すみか》になってることが多いからね。
第一階層の洞窟に、巨大トカゲが住み着いていた例だってある。
安全が確保されるまでは、あくまでも冷静かつ慎重に。
ゆっくりゆっくりと、歩を進めていく。
しかし、洞窟には不思議なほどモンスターの気配はなかった。
ヒンヤリとした空気は清浄で、ダンジョンらしからぬ聖なるものすら感じる。
こりゃ、ただの洞窟ではなさそうね。
奥には何があるんだろう？
もしや、伝説の聖剣が眠っているとか？
急にお宝の気配がしてきたわねえ……ウヒャヒャヒャッ!!
たまんないわ！
うず高く積まれたお宝を妄想して、自然と足が軽くなる。

ほどなくして、私は洞窟の最深部へとたどり着いた。
そこはちょっとした広場となっていて、地面に魔よけの魔法陣が刻まれている。
なるほど、清浄な気配はこいつのせいか。
でも、不思議と嫌な感じはしないわね。
それどころか、何か心惹《ひ》かれるようなものすら感じてしまう。
モンスターと言っても、魂は悪の欠片《かけら》もない清い乙女だからかしらね？
さすがは私、身体は骨になっても心は聖女ッ！
そのまま魔法陣の中心へ行くと、小さな石の柱が立っていた。
なんだろ、これ？
文字が書かれているようだけど、風化してしまってよくわからない。
というかこれ、物の本に載っていた古代文字じゃない！
正体が気になるけど、これじゃあ素人には手も足も出ないわね。
覚えておいて、町に戻ったら学者にでも聞くしかないか。
「……カッ？」
夢中になって石柱を調べていると、足に何か当たった。
おお、果物だ！
石柱の裏側に当たる部分に、果物がどっさりと置かれていたのだ。

不思議に思って触ってみれば、しっかりとした適度な感触が返ってくる。

実はほとんど崩れていない。

まだかなり新しいようだ。

匂ってみれば、爽やかな甘い香りが鼻孔を抜ける。

どうやらこの香り、精霊さんのとこの果物と同じっぽいわね。

でも、何でこれがここにあるんだろう？

あそこにある果物って、森で探してみたけどなかなか見つからないレアものだったのよねー。

魔よけの魔法陣もあるし、モンスターがここへ運んで来たとも考えられない。

うーん……まあいっか！

せっかくだし、食べてしまおう。

私は甘味に飢えているのだッ!!

「スースー！」

「こ、こらーッ!!　食べちゃいけないのですーッ!!」

「カカッ!?」

いきなり、光の球が体当たりを食らわせて来た。

もしかしなくても精霊さんだ。

なーんで、こんな場所に！

そりゃ、魔法陣の内側に果物なんて持ってくるのは、精霊さんぐらいしかいないだろうけどさ！

「カカカカッ!!」

「む、もしかして……この間のシースさんです？　なんか赤いですし」

「カカッ！」

うんうんと、首を縦に振る私。

すると精霊さんは、カーッと身に纏う光を強めた。

いつぞやと同じく、念話の魔法をかけてくれたらしい。

やがて私の頭に、直接声が響いてくる。

『これで、お話しできるようになったのですよー！』

『サンキュッ！　カカッとスースーだけじゃ、意思疎通できないわよ！』

『ははは。それで、何でシースさんはこんなところに？』

『ちょっと、落ち着く場所を探してね。ほら私、スケルトンでしょ？　こういう洞窟が好きなのよ』

『なるほどー』

『それより、精霊さんの方こそ何でここに？　まさか、しつこく私を追いかけて来たんじゃ……！』

精霊さんから距離を取ると、露骨に嫌な顔をする。

まさか、まーた「僕と契約して果樹園を守ってよ！」とかってお願いしに来たんだろうか？

狼王なんて物騒過ぎる奴とは、ぜーったいに関わり合いになりたくないのにッ！

頼まれたら、どうやって断ってやろうか？

上手いことやらないと、この子なかなかどうしてしつこそうだからなあ……。

こうして私が頭の中であれやこれやと考えていると、精霊さんは予想外のことを言う。

『ああ、僕がこの場所に居るのはですね。ここが、相棒さんのお墓だからなのですー』

『相棒？』

『そうなのですよー！　名前は……フェイル・テスラ！　ものすっごく強い女の子だったのですよー！』

ちょっと待って。

……なんてことよ、そいつ勇者じゃない！

第二十八話　勇者伝説

勇者フェイル・テスラ。

大陸においてたぶん独裁者の支持率ぐらいには知名度のある英雄である。

千年前に勃発《ぼっぱつ》した魔王戦争で、見事に魔王を討ち果たした人物だ。

街の吟遊詩人に謳わせれば「古今東西で比べられる者がないほどの美女」で「その力は山を砕き、その魔道は天を焼いた」と言う。

山を砕くほどの力持ちが美女なわけないと思うんだけど、そこは突っ込まないお約束かな？

なにぶん千年前の人だから、いろいろと誇張されているんだろう。

だいたい、ゴリラ顔の筋肉女が勇者って言うのも夢がなさすぎる話だしね。

ただ実在したこと自体は確かなようで、いろいろな資料にもしっかりと名前が残されている。

あと、余談だけど胸が相当に大きかったんだとか。

当時の貴族の一人が、勇者の胸のサイズについて自身の日記でやたら細かく言及していたらしい。

まったく、いつの時代にも変態は居たもんである。

学者連中に言わせると、価値が付けられないほどの超貴重な資料らしいけどね。

私としてはそんな変態の日記帳、くれると言っても絶対に拒否するけど！

……とにかく、フェイル・テスラという人物は偉大である。

なにせ、人類総出でも手が付けられなかった魔王を単騎で倒しているんだから。

そんな大人物のお墓が、どうしてこんなところにあるんだろう？

というかこれ、本物なのか？

フェイル・テスラの墓を名乗る場所って、知っているだけでも何か所かあったと思う。

『……精霊さん、これ本物なの？』

『もちろんですよー！　なに言ってるんですか！』

『精霊さんを疑うわけじゃないんだけどさ。フェイル・テスラと言ったら勇者よ？　勇者の墓なんて、それこそ大陸中に偽物がぽんぽこあるわ。土地の名物感覚でさ』

私がそういうと、精霊さんは『ヘッ？』と驚いたような念を送ってきた。

彼――どっちかよくわかんないけど、一人称が僕だからこれでいいや！――は、身体をぶるぶると震わせながら私の顔に近づいてくる。

『フェイルって、勇者さんだったのです？』

『あんた……知らなかったの!?』

『はい……フェイルと知り合ったのはこのダンジョンの中なのですけど、それ以前のことはあんまり話してくれなかったのですよ』

『はー、なるほどねえ。過去は語らない、さすが勇者って生き方かしら』

『でも勇者って言われたら、納得なのです。ものすごーく、強かったので！』

目いっぱいに膨らんで、勇者の強さを表現しようとする精霊さん。

その声は自分のことのように誇らしげで、さらにずいぶんと嬉しそうだ。

『……精霊さんとフェイルって、仲良しだったんだ』

『はい！　短い付き合いでしたけれど、とっても優しくしてもらったのです。フェイルに生きるすべを教えてもらっていなかったら、今頃僕はモンスターさんに吸収されちゃってたのですよー。僕は僕で、加護を失っていたフェイルに加護を与えたりしたのですー』

『互いに助け合ってたってわけね？』

『はい！』


何とも、お手本のような精霊と人間の関係である。

相手が勇者ってところが、何とも胡散臭《うさん》いけれど……。

この精霊さんが、嘘をつくようなタイプには見えないしねェ。

フェイルって女の子が居て、精霊さんと仲良くなったってことは事実だろう。

勇者本人じゃなくて、勇者にちなんで名づけられただけとかっぽいけどね。

勇者と同姓同名の人って、探せば結構いるし。

それよりも、問題は何でその人がお墓の下に居るかだ。

『でも、そのフェイルがなんでお墓に？　……もしかして、おばあちゃんになるまでこの階層から出られなかったとか？』

この階層から出ていくのは、かなり難易度が高いだろう。

上層へと続く階段はあるけれど、とてつもなく細くて長いうえに、怪鳥によって守られている。

落ちてきたはいいけど、出られなくなっちゃったとかは十分ありそうで怖い。

私も、あの穴をもう一度這《は》い上がれるかと言われると……ハッキリ言って、自信ないのよね。

どこかに転移のための仕掛けがあると睨《にら》んでいるんだけど、もしなかったらどうしよう……？

私がにわかに渋い顔をし始めると、精霊さんは違う違うとばかりに身を振る。

『違うのです。実のところ、そのお墓にはフェイルのお骨は入ってないのですよ。フェイルは「半年戻ってこなかったら、お墓を建てて」って言って、下の階層へ旅立ったのですー。それで……』

『戻ってこなかったってこと？　うへえ、やっぱりここよりも下あるんだ……』

うすうす感づいてはいたけれど、さらに下の階層があるらしい。

やれやれ、どんだけ深いのよこの迷宮は！

勇者まで出てきちゃったし、これはいよいよ魔王が造ったものなのかな……。

最深部に行ったら、魔王がこんにちはって出て来たりして。

いや、さすがにそれは……勘弁してほしいわ。

そんなことないって信じたい。

『……それで、このお墓を建ててから、僕はずーっとフェイルが好きだった果実をお供えしているのです。でも最近、果樹園が荒らされて果実が無くなっちゃいそうなのです！　だから、シースさんッ!!』

『はい？』

『狼王ラーゼンを倒してください!!　フェイルとの約束を果たすために、お願いなのですッ!!』

『ぶッ！』

そう来るかい！

いやまあ、話の流れ的にはそうなってもおかしくはなかったけどさ！

お供えしてた果物の出所とか、あの果樹園ぐらいしかないだろうけどさ！

いきなりそんなこと言われたって、私としてもね……。

良い話だし、助けてあげられるなら助けてあげたいんだけど……うーん。

『そう言われてもなあ……私だってね、さっきの話を聞いて心が動かないわけではないわ。でも、出来ることと出来ないことってのがあるのよ！　今の私がその狼王って奴に挑んでも、この隣にお墓が増えるのがせいぜい。無駄ってもんだわ』

『大丈夫です、全力で戦えば何とかなるのですよ！　僕も、全力でサポートするのですー！』

『……なんつー、むちゃくちゃな精神論ッ!!　いい、私は究極的には自分の命が大事なのッ！　ちょっとは人の役に立とうとかは思うけど、それでそうそう簡単には死ねないわよ。そんなにホイ死んだら、せーっかく産んでくれた親に申し訳が立たないわ。人間、死んだら最後なんだからね！　おわかり!?』

パンッと、地面をたたく。

さしもの精霊さんも、私の勢いに押されたのか少しシュンッとした。

光の勢いがちょっぴり弱まる。

『むむ……そう言われると、そうなのです……』

『でしょう？　ま、精霊さんが勇者仕込みの修行法とかを知っててさ。私が劇的に強くなれるって言うなら考えないでもないわ。強くなれば、狼王ともまともに戦えるだろうし。なんかないの？』

そう言うと、ちらっと精霊さんを横目で見やる。

こんな彼でも、言ってることが正しいなら千年ぐらい生きてるはずだ。

勇者と一緒に居たらしいし、ドカーンッと強くなれる方法の一つや二つ、知っているかもしれない。

いや、知っているはずだ。

なんてったって、勇者と一緒に居たんだから。

期待の眼差しにドンドンと熱がこもる。

するとしばらくして、沈黙していた精霊さんは――。

『……そんな都合のいい方法、考えてみたけどないのですよー！　というか、そんなのあったら僕が強くなってあいつを倒しているのですッ！』

と、超正論を言ったのだった。

やっぱり何にも知らないんかいッ!!

思わせぶりに間をあけておいて、この役立たずッ!!

一体何を言うのかと緊張していた私は、思わずすっころんでしまった――。

第二十九話　ノート

心を落ち着けるためには、深呼吸が重要だ。
ヒッヒッフー……。
違った、これは出産のときにやる奴だ。
スー……スー……。
お腹の底から息を吸って吐いて。
だんだんと精神を高めていく。
あの後、精霊さんにお引き取り願った私は一人で魔法剣の練習をしていた。
まったく、あいつときたらうるさいだけでホントに役に立たないんだから！
何が『ないのですよー！』だ！
思わず『もう、あっち行って！』と追い出してしまった。
……今となっては、ちょっと強く言いすぎちゃったかなとも思う。
洞窟を出ていくとき、凄くしょんぼりしたような感じだったし。

明日も来るだろうから、その時にでも謝ろうかな。
それよりも今は、修行に集中しないと！
せっかく洞窟を貸し切り状態にしたんだから、その分だけ成果を上げなきゃ。
地面に胡坐《あぐら》をかいた状態で、即席の木刀を構えて魔力を纏わせていく。
木刀の表面を、たちまちオレンジ色の炎が走り抜けた。
この炎をコントロールして木刀を燃やさないようにするのが、今日の目標である。
「スー……」
内から外へ、内から外へ。
魔力の流れを把握し、可能な限り整えていく。
下手すりゃ握っている木刀自体が燃えてしまうので、自然と緊張感も高まって行った。
人間だったら、汗の一滴や二滴は出していたことだろう。
最初のうちは、木が燃えるからと炎は使わなかった。
けど今回は、あえて炎を使っている。
より完全な魔力の制御を心がけるためだ。
出力と方向の制御さえしっかりできていれば、理論上は木刀で炎が出せるはずなのだ。
頑張れば、アイスキャンディーでだって炎が出せる。
アイスで炎を出すのは、私みたいな初心者じゃ無理だろうけどね。

魔力を内から外へ。
炎を内から外へ。
順調だ、今のところは燃えていない！
やっぱりこの身体、昏い場所が本能的に落ち着くみたいね。
かつてないほど、ゆったりとした気分で修行が出来ている。
これでこそ、遠出してきた甲斐があるってもんだわ！
「……カカッ！」
よし、あいつで試し切りしよう！
天井近くにおなじみビッグバットの姿を見つけた私は、にやりと微笑《ほほえ》む。
大きさも手ごろだし、何よりあいつは弱い。
万が一、魔法剣が失敗してもリスクがないから、練習にはうってつけの相手だろう。
さあ、コウモリよ！
私の斬撃の犠牲になりなさいッ!!
とりゃッ!!
地面を蹴飛ばすと、まずは壁に向かって跳ぶ。
そこで今度は、壁を蹴って方向転換。
そのまま剣を高く構えると、一気にビッグバットへと肉薄する。

いきなり思わぬ方向から迫ってきた敵に、バットは飛び立つのが少し遅れた。
ふ、遅いわッ!!
炎を纏った剣が、ゴウッと激しい音を立てながら閃《ひらめ》く。
赤い軌跡が、たちまちバットの身体を横一線に裂いた。
完全に決まった!
傷から炎が噴き出し、バットはなすすべもなく地面へと落ちる。
よーし、これで魔法剣の完成――。
あちゃちゃッ!!
しまった、集中が途切れたッ!!
燃え始めてしまった木刀を手放すと、私もまた地面へと落下し、のたうつ。
仕方ないじゃない、燃えなくたって熱いものは熱いんだから!
掌を押さえながら、地面の上をグルングルン。
塩をかけられたミミズみたいにのたうち回る。
ゴッチンッ!
あたた、頭を岩にぶつけちゃった……!
結構痛かったけど、ヒビとか入っちゃってないでしょうね……?
心配して、額のあたりを撫《な》でて確かめたのも束《つか》の間。

頭をぶつけた岩が、ズルズルと低い音を立てて動き始める。
なにこれ、何の仕掛け？
私が動揺しているうちにも、岩は静かに動きを止めた。
慌てて裏側を見てみれば、壁に小さな出入口が出来ている。
おお、隠し部屋ッ!!
勇者ゆかりの場所らしいし、今度こそお宝があるんじゃないのッ!?
喜び勇んで中に入ると、またしても生活感のある小部屋が広がっていた。
石を積んで作った焚火《たきび》用のスペースに、石の机らしき物体。
部屋の端には布の袋がポンッと置いてある。
どうやらここは、勇者が生活していた場所らしい。
やれやれ……第一階層といい、この迷宮は私にとことん意地悪だ。
「スー……」
なるほどね。
ただ洞窟に隠れるだけでは飽き足らず、わざわざ隠し部屋まで作ってたんだ。
勇者にしろ、第一階層の推定冒険者さんにしろ、用心深いこと。
これぐらいしなきゃ、この迷宮では安心できないってことなのかしらね？
しかし、勇者の生活空間ってことは……多少は期待してもいいんじゃないかな！

あひゃひゃッ！

自然と怪しい笑みをこぼしながら、布袋を開く。

するとそこには、物の見事に何も残されてはいなかった。

チッ、引き払う時にぜーんぶ持っていっちゃったのか。

他には何かないかな……おッ！

机の上に、ノートが何冊かある!!

ノートの表紙には、『日誌』と書かれていた。

良かった、これは現代語で書かれてるわ！

表紙をめくると、今度は『敵を知るには、まず自分を知ることから！』と達筆で書かれていた。

どうやら、これが勇者さんのモットーらしい。

ほえー、何ともまあ真面目で堅そうなこと。

あんまりお友達にはなれそうにないタイプね。

けど、今はそれより――。

「……スー」

手を震わせながら次のページを開いてみると、そこには特に何も書かれてはいなかった。

ちぇッ！

勇者の日常とか、そういうのが分かるかなーって思ったのに！

そりゃまあ、使っていたら普通に持っていくわよね……。
期待した分だけ、ちょっとがっかりしちゃった。
ま、仕方ないか。
ノートを閉じると、そのまま部屋を出て行こうとする。
だがここで、ふと思いついた。
炭になっていた木刀を拾い上げると、私はまた部屋へと戻ってノートを手にする。
「カカッ！」
せっかくだし、このノートに私の修行の成果でも書いてみよう！
勇者も『敵を知るには、まず自分を知ることから！』って言っていることだしね。
何より、この結構分厚いノートがもったいない。
千年間持ってるってことは、魔法もかかってるっぽいし。
そうと決まれば、とりあえず今の私の状態を——。

『名前：シース・アルバラン
魔力量：１５８（もうちょっと増えてる？）
魔法：炎魔法・風魔法・水魔法・雷魔法（いずれも初級）
技：魔闘法・魔法剣（少しは使えるけど練習中！）』

よし、出来た！

炭で書いたからあんまりきれいじゃないけど、これで分かりやすくなったわね！

えーっと、今のところは魔法剣を習得することが課題か。

見てみると意外と小技が多いし、ドドーンッと破壊力のある技も欲しいかも。

でも、そこまではちょっと手が回らないかな。

こうして私は、しばしノートに書かれた自身の能力を前にうんうん唸ったのだった――。

第三十話　夜が来た

あー、もう上手くいかない！

あともうちょっと、ホントにもうちょっとぐらいだってのにッ！

どうしてこう、ジグゾーパズルがワンピース足りないみたいな感じなのかな！

イライラする、無性にやけ食いがしたくなるッ！

誰か、酒とステーキを持ってこーぃッ!!

……はあ、何やってんだろ。

精神的に落ち着いた私は、その場でごろーんっと横になった。

洞窟の冷たい床が、骨の身体に心地よい。

魔法剣は『一応』完成した。

ただ、あくまでも一応だ。

ノートにも『**魔法剣（一応は習得？）**』としてある。

何で一応かというと、威力は問題なさそうなんだけど、魔力の消費が激しすぎて一日一回ぐらいしか打てないのよね……。

途中まではそんなことなかったのに、どうしてこうなっちゃったのか。

むしろ、そのまんま魔法を使うよりも燃費が良いとすら感じていたのだ。

魔法に詳しければこうなった理屈の一つもひねり出せるんだろうけど……うーん。

門外漢の私には原因がさっぱりね。

あれやこれや検証しようとしてみては、さっきみたいに騒ぐ羽目になる。

こういう時、図書館が近くにあったらなあ。

何のために馬鹿高い使用料を支払っているんだか。

あと三か月ぐらいで利用券の期限が切れるけど、それまでに街へ行くのは難しそうだなぁ……。

ああ、金貨一枚がもったいない！

こんなことなら、ギルド食堂でステーキ定食を食べていれば……！

そういえば、ギルドカードの期限もあった！

特に申請してないから、えーっと……あと半年ぐらいで失効しちゃう！

急がないと、まーたFランクからやり直しだわ！

Dランクぐらい強くなればすぐっちゃすぐだけど、登録料をまた払うのがもったいない。

細かい無駄が、無駄がドンドンと重なっていく……！

おのれ、ルミーネめ！

絶対に、絶対に許さないわよ……ッ!!

久々にルミーネへの恨みを思い起こすと同時に、ちょっぴり情けなくなる。

魔力を使える今なら分かるのだけど、あの女、私に依頼を出す時に魔法を使ってたっぽいのよね。

あの時に感じた、冷気のような凍てつく感触。

当時はちょっと部屋が冷えてるぐらいにしか思わなかったけれど、あれは間違いなく魔力だ。

恐らくだけど、軽い幻惑魔法とかを使ってたんだと思う。

魔力を使えない私は、そのことにまーったく気づかずにまんまと騙されたってわけだ。

ああ、もう腹が立つッ!!

あいつらめ、いつかぶちのめしてやるわッ!!!!

……もしかして、私に魔力がないってことまで知った上であの女は依頼を出して来たのか？

確実に幻惑魔法を仕掛け、不自然な依頼から逃さないために。

そう考えると、あの女はなかなか抜け目ないのかもしれない。

高飛車でずいぶん高慢に振る舞っていたけれど、あれはもしかしたら自身の計算高さに気づかせないためのものだったのかも。

何だか、油断ならない相手に思えてきたわね。

そもそも、あの女が追いかけられる原因は何だったのだろう？

パルドール家と言えば、王国有数の大貴族様だ。

そこの御令嬢が、そう簡単に手配されるわけがない。

それがわざわざ一芝居打ってまで逃げようとしていたんだから、よっぽどのことがあったはず。

仕事を受けるときは「訳アリ」ってことで特に何も聞かされなかったけど、こんなことになったからには気になるわね。

素行不良ぐらいじゃ、貴族が捕まるなんてことないし……。

そもそも、そんなことを言い出したら国中の貴族が牢屋行きね。

ま、こんなことは街に戻ってから考えればいいか。

今はそれよりも、とっとと進化して人間らしい体を取り戻さないと。

出来ることなら、ギルドカードが失効してしまう前に！

もっと頑張れるなら、利用券の期限が切れる前に！

そうと決まれば、今日の修業はここまでにしてご飯を食べよう。

獲物は魔力多めの熊とかが良いかな！

熊を狩りに行くことにした私は、剣を片手に洞窟を出ようとした。

だがここで、ふとおかしなことに気づく。

いつもは見えるはずの入口の光が、ちっとも見えてこないのだ。

まさか、道に迷ったか？

でもこの洞窟は一本道で、脇道なんてない。

どれだけ方向音痴だろうが迷うはずもないし、私はむしろそういうのには強い方だ。
ちゃーんと地図を読める女なのである。
異変を感じて、心なしか歩調が速くなる。
進むにつれて、わずかだけど風を感じ始めた。
間違いなく出口は近くにある。
でも何で、まったく明るくなって来ないんだろう？
焦ってさらに歩を早めると、答えはすぐに分かった。
「…………カカカッ!?」
周囲がすっかり、昏くなってしまっていた。
夜だ。
昼しかないと思っていた第二階層に、夜がやってきたのだ。
あのデッカイ魔鉱石の塊はどうなった？
もしかして、光り物が大好きなドラゴンにでも持っていかれちゃったか？
慌てて空を見渡せば、紅に輝く月が見えた。
光の色と強さは明らかに違うけれど、あの魔鉱石である。
……なるほど、消耗しちゃったのか！
魔鉱石に何が起きたのか、私にはすぐ分かった。

家のランプとかでも起こる現象なのだけど、魔鉱石を長ーいこと使い続けると消耗して一時的に働きが弱くなっちゃうのである。

内部に蓄えられている魔力の圧――これを魔圧って言うらしい――が下がってしまうのが原因で、しばらくすると落ち着いて元に戻る。

家で使う魔道具ぐらいなら、一時間も使わず放置すれば戻るかな？

けど、あのサイズの魔鉱石となると……いくら周囲が魔力豊富とはいえ、一日や二日では復活しなさそうだ。

いずれにしろ、スケルトンの私にとっては都合がいいかな。

修業のためにあの洞窟まで行くのって、結構時間がかかるし。

これなら家の近くの平地が使えるから、何かと便利だろう。

人間だった頃はそんなに夜が好きだったわけでもないのに、スケルトンになるとこうも嬉しいとは。

変なところで違いを実感するわねえ……。

こうして、私の気分が少し良くなった時だった。

「ウオオオオォンッ!!!!」

遥か森の果てから、魂を凍てつかせるような遠吠えが聞こえて来た――。

第三十一話　狼王

――狩りの時間が始まった。
森を響き渡る遠吠《とおぼ》えには、そう思わせるだけの重みがあった。
間違いない、これは狼王だ！
王が眷属《けんぞく》どもに向かって、狩りの号令をかけているのだ！
その地鳴りのような声に呼応して、森のあちらこちらから遠吠えが聞こえてくる。
いったいどれほどの数の狼たちが、王の命を待ちわびていたのだろうか。
遠吠えはしばらくやむことが無く、空高くまで響いていく。
――マズイ、今の私は獲物だ！
――猟師の矢の前に立つ、哀れな小鹿と同じだ！
背筋が冷えた。
森全体から、にわかに強い視線を感じてしまう。
鳥たちの飛び立つ音が、嫌に大きく聞こえた。

私も、早くどこかに行かなければ危ない。

このままここに立っていたら、血に飢えた狼どもの群れが襲い掛かってくることだろう。

数十――下手をすれば、数百頭単位で。

今の私なら狼ぐらい多少は何とかなるけれど、数の力は脅威《きょうい》だ。

四方八方から飛びかかられたら、さすがに捌《さば》き切れないかもしれない。

――勇者の隠し部屋なら、きっと安全だ。

そう算段を付けた私は、振り返って洞窟の中を見やった。

すると、それまで感じていた聖気のようなものが途絶えていることに気づく。

地面に刻まれた結界に、何かあったんだ！

舌打ちの代わりに、歯ぎしりせずにはいられない。

ノートも譲り受けたし、墓を壊されてはさすがに寝覚めが悪いってものだわ。

ええい、忌々しい狼め！

私が来た入口以外に、一体どこから入り込んだって言うんだろう!?

いや、今はそんなことはいい。

それよりこれからどうするのかが重要だ。

洞窟なら場所が狭くて数で攻められないし、空中戦に使うための足場も豊富だ。

普段から練習に使っているから、地の利は私にある。

さらに、私のスタミナは魔法さえ使わなければほぼ無尽蔵。
一対一ならずーっと続けられる。
こうなったら、隠し部屋の安全を確保するためにも相手してやろうじゃないのッ！
それで結界の壊れた部分をさっさと元に戻さなきゃ！
――殺されるッ!!
洞窟に足を踏み入れようとしたところで、強烈な殺気を感じた。
あまりの圧迫感に、私ははじき返されるような感じになってしまう。
一体何なのよこれは！
何が、何が居るっていうのよ！
危機を感じた身体が、混乱して戸惑う心をよそに動いた。
近くの草むらに、気が付けば飛び込んで身を隠していた。
やがて洞窟の入口から、白い大きな獣が出て来た。
グレートウルフ……違う、この風格はフェンリル種か？
狼の癖に、馬などよりもよっぽど大きな体躯《たいく》をしている。
王だ。
この風格と威圧感は、明らかに覇者《はしゃ》のもの。
そこらの獣に出せるようなもんじゃないし、第一に纏っている魔力が半端ではない。

実体化してたまに火花を散らせるほどの魔力なんて、ただの狼に出せてたまるか！

――いつの間にこんなところに！

毛皮についた土埃と小石からして、恐らく洞窟の中へは壁を突き破って入ったのだろう。

小さな山だから、あれだけの獣がぶつかれば破れないことはない。

しかし、さっきの遠吠えはかなり遠いところから響いてきていた。

まさか、ほんの一分ほどの間に駆け抜けて来たとでも言うのか？

いくらフェンリル種が神速って言われるほどとはいえ、それはちょっと……。

私が疑いの目を向けると、それに気づいたのか王は不敵な笑みを浮かべた。

そして――。

『しゃぶりがいがありそうだが、貴様は後だ』

「カッ!?」

こいつ、念話が使えるのか！

私が驚いている暇もなく、王はドンッと地面を蹴った。

大きな馬車ほどもある身体が、重さを忘れたようにスッ飛ぶ。

これなら、あれだけの距離を一気に走ってこられたはずだ！

大砲の弾のような速さに、私はたまらず息を呑《の》む。

スルスルと木々の間を抜けていくその様子は、見事というほかはない。

……いけない、感心している場合じゃなかったッ！

あいつの向かった先には、精霊さんの果樹園があるじゃない！

獲物の気配なんてなさそうな洞窟にわざわざ突っ込んだところを見ると、あいつの狙いはきっと精霊さんだ！

精霊さんは果樹園が狙われているとか言ってたけど、たぶんそうじゃない！

果樹園の果物は、精霊さんが居なかったから手を付けただけのこと。

奴らのホントの狙いは、精霊さん自身だったんだ……!!

何で今まで気づかなかったんだろうッ！

精霊さん自身が、前に言っていたじゃないか。

勇者に生きるすべを教えてもらわなければ、モンスターに吸収されてたって。

……まずいわね、精霊さんの行く場所といったら果樹園ぐらいしかないだろう。

私が食べちゃった分を取り戻そうと、木々の世話に精を出していたかもしれない。

あの速度で迫られたら、少しぐらい逃げたところで発見されてしまう！

――精霊さんを助けなきゃ！

私も王に見つかった以上、逃げるという選択肢はもう存在しない。

あの王が、ちょっとぐらい見つからないからってそう簡単にあきらめるとは思えないしね。

戦うしかない。

でも、今の私がまともにあいつとぶつかったところで勝てる可能性は万に一つ。

何かしらの作戦を考えないと、間違いなく無駄死にだ。

しかし、時間はあるだろうか？

あの足の速さなら、ここから精霊さんの果樹園まで十分と掛らない。

私が普通に追いつくことは不可能だし、途中で家に寄って何かしらの準備をするなんてもっと不可能だ。

ではどうする、どうすればいいんだ？

考えなきゃ、こういう時こそ頭を使おう。

知恵を絞らなきゃ、ただの骨と同じじゃないか！

頑張れシース・アルバラン、あんたの頭は何のためについているッ‼

自分で自分に言い聞かせながら、必死に頭をひねる。

……そうだ、あいつの性格だ！

取るに足らないであろう私に、わざわざ「後で」なんて言うことからして、己の力を誇示したいタイプだろう。

そして、私があいつの戻るまでの間に何かしらの対策を取ることを考えないあたりからして、力を過信するタイプでもある。

そんな奴が、何か特別なものを仕入れたらどうするか。

自慢しまくるに決まっている。

私が知る限り、精霊さんはこの階層に一体しかいない貴重な存在。

次にいつ生まれるかもわからない、最上級の獲物だ。

私がもし王だったら、そんな獲物をその場で食うような真似はもったいなくてしない。

森中に散らばっている眷属どもを集めて、その目の前で見せびらかして食べるはずだ。

自らの力を、これでもかと誇示するために。

――あいつは住処に戻って、眷属を集めてからもったいぶって精霊さんを食べるに違いない！

王の行動にだいたいの予測を付けた私は、いったん家に戻って準備をすることにした。

あいつの眷属は森中に散らばっているうえに、軽く数百頭はいるはずだ。

それを全員集合させようと思ったら、いくら狼の足は速いといっても時間がかかるだろう。

家に戻ってあれを読むぐらいの時間は、たぶんあるはず――！

「カカカッ!!」

待ってなさいよ精霊さん、いま準備を整えて助けに行くからッ!!

こうして私は、一目散に湖畔の家へと走り出したのだった――。

第三十二話　狼たちの狂宴

視界を埋め尽くす、すっごい数の狼。

そちらから流れてくる風が、獣臭いったらありゃしない。

自分の臭いには気づかないって言うけど、狼もそうらしいわね。

鼻の良い種族だってのに、体臭の管理が全くできていない！

こちとら、鼻がひん曲がりそうだ。

魔物大百科を読み、準備万端に整えた私は狼たちの住処へとやって来ていた。

精霊さんの果樹園から見て、ずーっと北方。

勇者の墓と同じく、天井が崩れて地面に山が出来たところに奴らは住んでいた。

切り立った崖の前に出来たちょっとした広場のような場所に、続々と狼たちが集結している。

数百頭規模の群れが互いに呼び合いウォンウォンと唸る様子は、さながら戦場のような迫力があった。

「……スー……」

身体の表面に匂い消しのための草をたっぷりと塗り込んだ私は、草むらから狼たちの様子を観察していた。

居るとは思っていたけれど、実際にこれだけ大集合するとすごい迫力だ。

足跡を参考に何とかここまで来たけど、こりゃとんでもないことに巻き込まれちゃったかな。

いろいろ準備はしているけれど、さすがにこれだけの数を相手にするとなると気が引けるわね
……。

けど、ここまで来たら撤退するわけにもいかない。

私が勝つには、奴らが一番油断する時を狙って急襲するしかないんだから！

まさに一世一代の大勝負ってやつだ。

「ウオオオオンッ!!」

咆哮《ほうこう》。

それと同時に、山陰から王が姿を現した。

奴はその巨体で軽々と崖を登ると、突き出した岩の上に立って再び遠吠えする。

その口には光の球——精霊さんがくわえられていた。

普段と比べて光が弱いけれど、まだちゃんと生きている。

私の予想した通り、食べる直前まできっちり生かしておくつもりのようだ。

しかし、かなり弱ってしまっているようでこのまま死んでしまうかもしれない。

明滅する光が、生命力の弱まりを強く訴えてくる。

さっさと何とかしないといけない。

でも、行動を起こすにはまだちょっと早かった。

もう少しだ。

王が精霊さんを飲み込もうとする、その瞬間こそが狙い目である。

獲物を口に入れる時、それが周囲への警戒が最も薄くなる瞬間なのだ。

——早く、早く早く早くッ!!

心が焦る。

このままでは、震えた身体がカラカラと音を立てそうだった。

しかし、どうしたわけか王はなかなか精霊さんを食べようとはしない。

あいつめ、とことんもったいぶるつもりか？

精霊さんもそろそろヤバいみたいだし、このあたりとするか……！

背後に積まれた枯葉と植物の山に目をやる。

大量に集めた煙の出やすい針葉樹の葉に、狼が嫌いな臭いを出すと大百科先生に載っていたドクアシ草をたっぷりと混ぜ込んで作ったものだ。

あとはこいつに、私の匂いの染みついた毛布の切れ端を入れてやれば出来上がり！

同じものを風上に三か所用意したので、それに全て火をつけてやれば……ひゃひゃひゃひゃッ！

――ファイアーボールッ!!

程良い出力で放たれたファイアーボールは、たちまち葉っぱの山全体を燃やした。

途端に白い煙がものすごい勢いで出始める。

よし、次は二か所目だ！

私は思わず笑みをこぼすと、すぐさまその場を離れた。

事に気づいた狼たちが何頭かやってくるが、時すでに遅し。

私は二か所目の山に悠々と火をつける。

――よし、いい感じだッ！

視界が白くぼやけ始める。

薬草を百倍に煎じたような、何とも薬臭い臭いが漂い始めた。

それに伴って、狼たちのくしゃみが聞こえてくる。

私にも結構きついけど、鼻が良い奴らにはもっと応えているらしい。

キュンキュンと、普段は聞かない泣き声が聞こえた。

さらに続けて、三か所目へと火をつける。

視界はいよいよ白く染まり、狼たちの動揺した声も大きくなる。

『この臭いは……スケルトンだ、スケルトンを捜《さが》せ！　さっき俺様が見逃してやったスケルトンが、襲撃しに来たようだぞッ！　迎え撃つのだッ!!』

煙幕の向こうの岩場から、王の苛立《いらだ》った念が飛んでくる。

私の場所に気づいたのかと一瞬ビックリしたけど、どうやら群れ全体に向かって飛ばしているものらしい。

王の指令を受けた眷属たちは、煙に苦しみながらも必死にあたりを見渡し始める。

狼たちの耳がピンッと立ち、左右に振られ始めた。

――大百科先生にあったとおり、耳が良いようねェ！

いいぞ、ほぼ完全に私が予想した通りの展開となってきた！

匂いを煙に混ぜてやれば、勘のいい王が私を捜すことを命じるのは想定済み。

そして、目と鼻を潰された狼たちが音を頼りに私を捜しだそうとすることも、ちゃーんと織り込み済みだ。

あとはここで、獣の骨を何本か投げ込んでやれば……！

――カランッ!!

骨が地面に当たった途端、乾いた音が高らかに響く。

狼たちはすぐさま、音のした方へと勢いよく殺到した。

何せ、王様直々の命令である。

その勢いは半端なものではなく、数百頭にも及ぶ群れ全体がうごめいた。

眼と鼻が利かない状態でそんなことをやれば、一体どうなるのか。

ま、お察しの通りだ。
「クウウンッ！」
「ウォンウォン！」
「バウッ！　バウッ！」
私に向かって放たれるはずだった攻撃が、すべて狼たち自身を傷つけた。
牙が、爪が、毛皮を引き裂く。
互いに傷つけあってしまった狼たちは、その場で向き合うと激しく吠え合った。
見る見るうちに乱闘が始まり、群れ全体へと伝播《でんぱ》していく。
『やめんか、お前たちッ!!』
王が一喝するものの、動きを止める者は居ない。
闘争本能が刺激されてしまった狼は、もはや何も耳には届かないようだ。
容赦のない戦いは次第に流血を伴い、倒れる者まで現れ始めた。
『おのれ、世話が焼ける……ッ！』
王が重い腰を上げた。
奴は精霊さんを吐き出すと、岩場を下って広場へと降りてくる。
そして争いの仲裁をすべく、群れの中に割って入ろうとした。
けれどここで——。

「カカカカカカッ!!!!」

魔法剣、最大出力ッ!!!!

私の最大最強の一撃が、油断だらけとなっていた王の首を目がけて放たれた――。

第三十三話　王たる者

渾身《こんしん》の一撃。
そう表現するのが、まさに相応《ふさわ》しい一撃だった。
魔闘法で極限まで高められた身体能力から放たれる振りは、まさに神速。
刀身に込められた炎の魔力も、熱風が逆巻くほどにたぎっていた。
紅の軌跡は白銀の毛皮へと吸い込まれ――瞬く間にそれを引き裂いていく。
――やった？
肉を斬っていく感触が、確かにあった。
やや遅れて、傷口から滔々《とうとう》と血があふれ出す。
心臓が脈打つたびにこぼれるその量は、ちょっとした滝のようだ。
「ウオオオオッ!!!!」
おぞましいまでの絶叫。
音の津波とでもいうべきそれに、さすがの私も動きが止まりそうになった。

王の首がこちらへ向けられ、視線が容赦なく私の体を貫く。
吐く息が身体に当たり、恐怖で身が縮んだ。
しかし、王の抵抗もそこまで。
こちらを覗《のぞ》き込んでいた頭が沈み、そのまま巨体が崩れ落ちる。
すかさず心臓のあたりに耳をやれば、心音が止まっていた。
首の動脈を叩き切られては、さすがの王も持たなかったらしい。
「…………カカッ？」
……意外なほど、あっさりとやれてしまった。
物凄い大迫力だったけど、実際に相手してみたら大したことなかったかも。
正面からやり合えば、絶対に勝てないって思ったんだけどね。
さすがの王といえども、奇襲されては敵《かな》わないってことか。
ま、強いと言っても所詮は狼だしね。
超天才の私の敵じゃないってことにしておきましょッ！
……っと、こうしちゃいられない。
仲間の狼がまだ混乱しているうちに、さっさと撤退しないとね。
王の敵討ちなんて仕掛けられたらたまったもんじゃない。
とりあえず、魔石だけは回収して……よし！

大きさはゴブリンキングと大して変わらないけど、光り方が全然違っていた。

ガラス玉とダイヤモンドみたいな感じかな？

狼王の魔石は、わずかな月光を反射して怪しい紅の光を浮かべている。

あとは、岩場の上に置き去りにされた精霊さんを回収すればよしっと。

なんかこう、拍子抜けしたような感じだけど………。

大苦戦するよりはマシだ。

でっかい魔石も手に入れたことだし、家に帰れば念願の進化ね！

ここで一気に、人間っぽい姿になれたりしないかな？

吸血鬼の色っぽいお姉さんとか……。

ひょいひょいっと、岩場を軽く登る。

今の私にとってはこれぐらい朝飯前だ。

あっという間に頂上につくと、地面の上で点滅している精霊さんを発見する。

えーっと、回復させるにはどうしたらいいのかな？

精霊さんって魔力で体を構成しているはずだから、適当に魔力でも注げばいいんだろうか？

うーん、このままじゃ結構ヤバそうだし、よくわからないけどやってみるとするか。

両手で精霊さんを抱えると、魔法剣の要領で魔力を注入していく。

すると見る見るうちに精霊さんの明るさが回復していった。

よかった、やり方はあっていたみたい！

やがて飛べる程度に回復したらしい精霊さんは、ふよふよと私の手を離れると念を送ってくる。

一度念話をしたことでつながりが出来たのか、今度は凄くスムーズだ。

『今すぐ！　今すぐ逃げるんですよーッ!!』

『どうしたの、そんなに慌てて。言われなくても、あいつら来ないうちに逃げるわよ』

『そうじゃないのです！　ラーゼンが、ラーゼンが来ちゃうのですッ!!』

『ラーゼンなら、あたしがさっき倒したわよ、ふふんッ!!』

状況を分かっていないらしい精霊さんに、思いっきり胸を張って宣言する。

こいつ、どうせ私じゃラーゼンには勝てないって思っているだろうからなー。

まあ、魔力からすればそっちゃ当然っちゃ当然の判断なんだけどね。

せいぜい、下の死体を見て驚くがいいわ！

さあ、驚愕して私を敬い――。

『違うのです、さっきの奴はラーゼンじゃないのです！　息子なのですよッ！』

『…………ほえ？』

思わず、変な念を送ってしまった。

ちょっと待ちなさい、あれがラーゼンじゃない!?

あんなにデカくて強そうな奴が、王様じゃないっての!?

いい加減にしてよ、この馬鹿精霊ッ‼

『ぼ、僕のせいじゃないのです！　ラーゼンは用心深い奴で、ドラゴンを警戒して簡単には姿を現さないのですよ！　代わりに、息子を自分の手足として使っているのです‼』

『それを早く言いなさいよ！　道理で、あいつがあんたを食べなかったわけだわ。親父に献上するつもりだったのね！』

ち、まんまと一杯食わされたわッ！

遠吠えが聞こえてすぐ、奴が私の目の前に現れた理由もやっとわかった。

最初に聞こえたあの遠吠えは、息子じゃなくて親父のものだったのだ。

フェンリルにしてもさすがに速すぎるって思っていたけど、最初っから声の主と現れた狼が違うなら納得がいく。

狼のデカさに圧倒されたとはいえ、その可能性を考えなかったのは痛かった。

ああ、もう！

私の馬鹿、大馬鹿ッ‼

自分で自分が嫌になってくるわッ‼

『今はそれよりも、さっさと逃げるのです！　さすがのラーゼンも、息子が殺されては黙っちゃいないのですよ！』

『そのとおりだ』

『…………これまたでーっかい親父さんだこと……!!』

いつの間にか、私たちのすぐ後ろにとんでもない大きさの狼が居た。

さっき倒した奴よりも、さらに一回り以上はデカい。

あまりの大きさに、一瞬、狼だとは認識できなかった。

こんなところに岩なんてあったっけ、と思ってしまったのだ。

『バカ息子め、半端な力で驕《おご》るからこうなるのだ。あれほど、巣穴の中以外では硬化を解くなと言い聞かせておいたのに。ちんけな骨に毛皮を貫かれるとは、我が一族の恥よ』

崖下の惨状を見ながら、軽く鼻を鳴らすラーゼン。

息子が死んだというのに、皿が割れたぐらいの鈍い反応だ。

その目は恐ろしいほど冴えていて、怒りを微塵《みじん》も感じさせないところが逆に恐ろしい。

こいつの頭は、息子を殺されたことよりもこれから私たちをいかに始末するかということしか考えていないようなのだ。

『あんた、只者《ただもの》じゃないわね…………!』

『そういうそなたもな。骨にしては、知恵が回るようではないか』

『あんたもね。王なんて言う割には、やり方がせこいんじゃない？　息子に全部やらせるなんてさ』

『王だからこそだ。王は動かなくとも、すべてを捧げられるべき存在なのだよ』

『はんッ。そんな怠け者の王様は、革命起こされて処刑されちゃうのよッ!!!!』

抜刀。

全力をもって斬りかかる。

体内の魔力を爆発させ、大地を蹴った。

身体が風を切り、刃が一閃する。

しかし――。

『クッ!』

『かゆいな。わしは息子とは違って、硬化を欠かすようなへまはしない。その剣では、この毛皮を斬ることは不可能だ』

『チッ、隙が無い……!』

『今度はこちらから行くぞ』

気が付けば、ラーゼンの足が肋骨《ろっこつ》に当たっていた。

途端に骨が一本折れて、とてつもない衝撃が襲ってくる。

そのまま私は宙に飛ばされ、離れた岩に激突した。

パシッと嫌な音がする。

スケルトン・ヴァーミリオンへと進化し、私の骨は相当に硬くなった。

でも、その硬さがまったく意味をなしていない……ッ!

「カカカッ……！」

『どうだ、わしの一撃は？　最近、巣穴から出ておらぬからちょっとばかり鈍っておるだろう？』

『……これで、鈍っているですって？　あんた、大した化けもんだわ』

『当然だ、我は狼王ぞ』

誇らしげにそういうと、ラーゼンはゆっくりとこちらに近づいてきた。

こんなにボロボロだと言うのに、まだ私のことを警戒しているのだろう。

体を左右に振りながら、のろのろとやってくる。

『……早く来なさいよ、のろま』

『窮鼠《きゅうそ》猫を嚙《か》むともいうからな。相手を殺したと思った瞬間が、一番危ないのだ』

『私も、その言葉を覚えておくわ』

……こりゃ勝てない。

実のところ、まだ何とか奇襲をするぐらいの力は残っている。

岩にたたきつけられたとき、わざと大げさなリアクションをしたのだ。

剣も、いつでも引き抜ける位置にある。

けどこれじゃどうにもならないわね。

悔しいけど、あまりにも隙が無さすぎる……！

『……シースさん』

『……ん？』

不意に、精霊さんから念が飛んできた。

こいつ、まだ逃げてなかったのか！

ラーゼンが私を警戒している今なら、逃げ出すこともできただろうに！

『さっさと逃げなさい、あんたまで死ぬわよ！　あんたは飛べるから、まだ逃げられるチャンスがあるわ』

『いえ、逃げません。シースさん、あなたが勝つ方法が一つだけあるのですよ！』

『私が……私が勝つ方法？』

『はい。僕とその剣を一つにして――――魔法剣を完成させるのですッ!!!!』

魔法剣を……完成させる!?

精霊さんの予想外の言葉に、剣を握った手が微かに動くのだった――。

第三十四話　消し飛べ、超必殺技ッ！

魔法剣を……完成させる？

そっか、精霊さんは私が練習しているところを見ていたのか。

人がこっそりやっているところを覗き見するなんて、精霊にしては趣味が悪い。

そういうのは、普通は小悪魔とかの所業だろう。

少なくとも、ピカピカ光っているような奴のすることじゃないわね。

今となってはそんなこと、関係ないけどさ。

『魔法剣なら、一応だけど完成してるわ。でも、あいつには通用しそうもない……』

『それは恐らく違うのですよ。魔法剣を完成させるには、魔力を増幅する媒体が必要なんです。その剣やただの木の棒では、そもそも無理があるのですよー』

『……なにそれ。それならさっさと言いなさいよ、無駄に頑張っちゃったじゃない……！』

『言おうとしたんですけど、シースさんは僕のこと見つけるとすぐに追い出すじゃないですかー！』

言われてみればそうだ。

練習の邪魔になるからと、姿を見るたびに追い出していたのである。

そうしているうちに、いつしか精霊さんもそのことを学習して、私が居るうちは洞窟に寄りつかなくなったのだ。

亀の甲よりも年の功、こんなことになるならちゃーんと精霊さんの話を聞いておけばよかったかな……。

『で、どうすればいいの？』

『僕が、いまシースさんの手にしている剣に憑依《ひょうい》します。こうすれば、その剣は魔力を増幅する媒体として機能するはずですよー。その状態で魔法剣を撃てば、普段とは比べ物にならない威力が出るのです！』

『分かったわ。なんとか、やってみる……！』

『ちょっと待ってください。この技は、威力は凄《すさ》まじいですが消費も激しいのです。今のシースさんの状態で撃つと、最悪の場合――体中の魔力を持っていかれて、死にます』

いつもの緩さと軽さはどこへやら。

精霊さんは、それはそれは真面目で重苦しい口調だった。

千年近くに渡って生きて来た、経験の重みって奴を感じられる。

……でも、何を今さら。

やらなきゃ喰い殺されるっていうのに、死のリスクも何もあったもんじゃない。
この先ずーっと、頭が禿《は》げるとかなら多少は考えたけどさ……ッ!!
『構わないわ！　あいつを倒さなきゃ、将来はないんだから！』
『分かりました。では……』
精霊さんの身体が、剣の中へと吸い込まれた。
途端に、鋼で出来ているはずの剣が聖銀を思わせる輝きに満ちる。
前に冷やかしで名工の剣を見せてもらったことがあるが、あれとも比較にならない。
神秘的で、何より綺麗《きれい》な光だ。
『何をするつもりだ？　まあいい、早々に止《とど》めを刺させてもらおう』
『遅かったわね！　あんたは私にビビりすぎてたのよッ!!』
全身に魔力を回して、素早く立ち上がる。
そうして剣を構えると、残された魔力を全て回した。
剣の柄《つか》から青白い光がほとばしり、剣先へ向かって見る見るうちに膨れ上がっていく。
さながら、持ち手から新たに光の剣が生えてきたようであった。
光によって構成された剣身は、やがて私の身長ほどにまで成長を遂げる。
『バ、バカな！　なんだこれは！』
『私だってよくわからないけど……行くわよッ！』

剣を手に、勢いよく踏み込む。
足元の小石が飛び、ダンッと身体が前に出る。
ラーゼンは渋い顔つきをしながらも、素早く腕を振るって私を迎え撃った。
交錯。
光の剣と爪が、激しく火花を散らせる。
『わしの爪と互角とは。やるではないか』
『舐めないで！　そんな爪ぐらい、押し返してやるんだから……ッ！』
両足を踏ん張り、懸命に力を籠《こ》める。
すると火花が強まり、剣が爪に食い込み始めた。
青光りしていた爪が次第に白くなり、割れ始める。
ラーゼンの眼がみるみる驚愕に染まった。
奴は素早く身を引くと、すっかり傷んだ爪を見て感心したように言う。
『ほう。大した武器だ』
『これなら、あんたの首だって切れそうね』
『そうだな。だが、当たればの話だ』
どこか楽しげな様子のラーゼン。
奴は怒った猫よろしく毛を逆立てると、膝を曲げて姿勢を低くした。

そして――。
『くッ!?』
速いッ！
ラーゼンの巨体が、岩の間をスルスルと駆け抜けていく。
その動きと来たら、風か水か。
違和感を覚えてしまうほど滑らかで、何よりも速い動きだ。
馬車よりも大きな身体なのに、眼で追いかけるのさえ苦労する。
『若いころはもっと速かったのだがな。こうして全力を出すと、老いを感じるものよ』
『大した化けものだわッ』
『では……行くぞッ！』
岩の間を駆け回り、十分な助走をつけたラーゼンが突っ込んでくる。
こんなの避けられないッ！
あまりのスピード感に、剣を構えて防御することしかできなかった。
衝突。
牙と剣がまともにぶつかり、身体が軽く吹っ飛ばされる。
「カカッ！」
痛ッ!!

再び岩に叩きつけられた瞬間、激痛が走る。
身体全体が軋みを上げ、グワングワンッと痛みが何度も響いた。
さながら、デッカイ音叉《おんさ》にでもなったかのような気分である。
『一発でこれか。他愛もない』
『まだまだ……ッ！』
めり込んでしまった身体を引っ張り出し、何とか起き上がる。
骨がまた一本、折れてしまったようだ。
パラパラと紅い欠片が落ちる。
さっきのと合わせて、二本も骨折か。
さすがに、このままだと死ぬわね……！
『次で終わらせてやろう』
『そう簡単に、行くもんですかッ！』
笑うラーゼンを相手に、やっとの思いで啖呵《たんか》を切る。
状況は絶望的だけど、気持ちで負けたらおしまいだ。
まだだ、まだ打つ手はあるはず……ッ！
もったいぶってなかなか近づいてこないうちに、必死で頭を回転させる。
奴の動きはとても速い。

そして、正確に私の首を狙ってくる。
これに対処するためには……方法はひとつしかないわねッ！
完全に一か八《ばち》かのギャンブルだけど！
「グオオッ！」
「カッ！」
今だッ！
私の身体を噛み砕くべく、ラーゼンが顎を大きく開いた刹那。
私はあえて、奴に向かって勢いよく飛び込んだ。
そのまま牙と牙の間をすり抜け、上半身を口の中へと潜り込ませる。
そして、剣を口の中で構え直し――。
「アガアアアッ!!」
光の刃が、内側からラーゼンの上顎へと刺さった。
絶叫！
ラーゼンは耐えがたいほどの雄叫《おたけ》びを響かせると、狂ったように頭を振る。
私の身体は乱暴に地面へと投げ出された。
『どんなもんよ！』
『このスケルトン風情《ふぜい》が……ッ！』

口から大量の血を流し、こちらを睨みつけるラーゼン。
その表情には、先ほどまでの余裕など一切なかった。
代わりに、身が凍《い》てつくほどのおぞましい殺意に満ち満ちている。
私に深手を負わされたことが、この狼にとっては耐えがたいほどの屈辱だったようだ。
『こうなれば、出し惜しみは無しだ。我が最大の一撃で跡形もなく消してやろう』
『そ、そっちがその気なら私だって……！』
明らかに何か仕掛けてくる様子のラーゼンに、慌てて剣を構える。
何だ、いったい何をする気だ……！
緊迫する空気。
それが頂点に達したところで、ラーゼンの魔力が膨らみ始めた。
そのあまりの膨大さに、空間が軋んで稲妻が走り抜ける。
やがて魔力は実体化し、周囲の大地を巻き込みながら天へと上った。
地獄の炎を思わせるようなそれに、さすがの私も身が震える。
「カ、カカカッ……！」
なおも膨らみ、揺らめく紫の魔力。
こんなの、こんなの勝てるわけないじゃないッ！
あまりにも圧倒的かつ理不尽な力に、グッと歯を嚙みしめる。

私はここで、こいつに殺されるしかないのか……！

そんなのは嫌だ、絶対に嫌だッ！

私はこのダンジョンを出て、街に戻るのよッ！

こんなところで、狼になんぞ食い殺されてたまりますかッ!!

沸き上がる絶望を、無理やりに怒りへと変換する。

するとここで、剣から声が聞こえて来た。

『シースさん、いえ、シース！　聞こえますかッ？』

『この声は……精霊さん？』

『はいなのですよ！』

『今は忙しいの！　あなたと話をしている暇はないわ！』

『ま、待つのですよ！　あいつを何とかするには、魔法剣を放つしかないのですよ！』

いったい何を言っているんだか！

私の手には、しっかりと光の剣が握られているじゃないッ！

『魔法剣なら、もう出来ているでしょ？』

『違うのです！　今の状態は、剣に魔力を帯びさせているだけなのです！　魔法剣は、ここからさらに魔力を高めて一気にそれを解放する技なのですよ！　今使っているのは、ただの魔力強化なのです！』

『……そうなの？』

『はい！　もっともっと、剣に魔力を込めて解放するのですッ！　ラーゼンを倒せるとしたら、それしかないのですよ！』

『もっとって、今でもいっぱいいっぱいよ！』

精霊さんの無茶ぶりに、たまらず歯ぎしりをする。

既に、残された魔力はすべて剣へと回している。

これ以上は、命を削ったって出て来やしないわ！

すると精霊さんは、私の言わんとすることを察して叫ぶ。

『こうなったら僕に残された最後の魔力を貸すのです！　シース、魔力の波長を僕と合わせてください！』

『波長？』

『はい！　気持ちを落ち着かせて、剣から流れる僕の魔力を感じるのです！』

言われるがままに、深呼吸をする。

剣から、掌を伝って流れてくる温かなものを感じた。

これが精霊さんの魔力だろうか？

私のよりもあったかくて、どこか明るい感じがする。

朗らかな性格の精霊さんらしい魔力だ。

その存在を意識した私は、それに合わせるように己の魔力を変化させていく。
やがてその質が一致した時、莫大な魔力があふれ出した。
『今なのです！』
『分かったわ！　うおおおッ!!!!』
剣に込められた魔力が、私の咆哮に合わせて猛《たけ》り狂う。
光の剣身が、さらに一回り大きくなった。
それを低く構えると、残された力の全てを振り絞り、跳ぶ！
「カカカカッ!!!!」
一直線。
閃光と化しながら、そのままラーゼンに向かって渾身の突きを繰り出す。
発射ッ!!
剣先から放たれた衝撃波と魔力が、強烈な光となって毛皮へ殺到した。
ぶつかり合う魔力と魔力。
ラーゼンの高めていた魔力が、その身を貫かんとする一撃に激しい反発を見せる。
『うおおおッ!!』
「カカカッ!!」
念と声が重なる。

最後のもうひと押しッ!!

ここで負けたら後はないんだからッ……そりゃあァッ!!

精霊さんと心を一つにし、さらに高められる魔力。

それがとうとう、鎧《よろい》と化していたラーゼンの魔力を打ち破った。

遠雷のような轟音と共に、毛皮に風穴が開く。

そこから殺到した光は瞬く間に肉を貫き、断末魔の叫びを上げる暇すら与えずに命を奪った。

ラーゼンの頭が、虚無の表情を浮かべたまま地に落ちる。

それに少し遅れて、血がザッと噴き上がった。

「カカ……」

勝った……ッ!

ラーゼンが力尽きたことを確認した私は、天高く剣を掲げた。

喜びと達成感が、胸に満ち満ちてくる。

これが……勝利の味かッ!

身体はズタボロだけど、気持ちが晴々として何とも心地が良い。

でもちょっと、疲れちゃった……わね……。

意識が……朦朧《もうろう》と……。

私は剣を手にしたまま、その場に倒れたのだった――。

第三十五話　ついに、ついに！

……ふわァ、すっかり寝ちゃってたわね！
どうやら襲われなかったみたいだけど、あいつらまだ喧嘩《けんか》してるのかしら？
狼の戦闘本能って、私が思っているよりも……って！
なにこれ、どうして狼の死体が私のすぐ隣に転がっているのよ！
ラーゼンは分かるけど、他のちっこい奴も十頭近く倒れてるじゃない！
誰が倒したのよ、これ……ッ！
『あ、目が覚めましたかー？』
動揺していると、すぐに精霊さんから念話が飛んできた。
ああ、良かった！
最後の魔力を貸すとか言っていたけど、結構元気そうじゃない！
というか、もしかしなくても……この惨状は精霊さんの仕業よね。
いくら錯乱状態にあっただろうとはいえ、狼をこれだけ倒せるなんて。

小さいし弱そうだけど、ホントはかなりヤバい奴なのか?

『……あんた、よくこれだけ倒せたわね。すっごい弱ってる感じだったのに。意外と余裕あったの?』

『ああ、それはですねー。シースさんの持っていた魔石から、魔力を貰ったのですよー。あれのおかげで、すっかり命拾いしたのです』

『それって、ラーゼンの息子の奴?』

『ですよー。ほら、これですー』

そういうと、岩陰から紅の魔石が飛んできた。

……あれ?

何だか、明らかに小さくなってない?

ちっこいビー玉くらいのサイズになっちゃってるんだけど……!

『ちょっと!　私の魔石をどんだけ使ったのよ!　半端なく小さくなってるじゃない!』

『し、仕方ないのですよー。僕だって結構消耗しちゃってましたし、狼さんたちを倒すのにも魔法を使いましたし!』

『だからってね、人の持ち物を許可なく使い潰すってどういうことよ!　せーっかく進化できるって思ったのにッ!』

思いっきりジタバタする私。

精霊さんの事情は分かるわよ？

動けなくなった私を守るために、身体を回復させて魔法を使う必要があったとかさ。

分かるけど、けどッ!!

ここでその魔石を使われちゃったら、この後どーするのよッ!!

身体はボロボロだし、進化できなかったら生き残れないっていうのにッ!!

このひどい状態で狩りとか、下手すりゃウサギにも負けるわよ……！

『ああ、もう！　やだやだやだ！　どうしてこういうことになるのかなァ!!　美しすぎるから、運には恵まれないってことなの……ッ!!』

『そ、そんなにジタバタしなくても大丈夫なのですよー！　進化したいのなら、ラーゼンの魔石を使えばいいのです。それで、たぶん足りるはずですよー』

『……あ！　そういえばそうだったわね！』

ポンッと手を叩く。

すっかり忘れていたけれど、ラーゼンにも魔石はあるはずだ。

そうと決まれば、とっとと死体を解体して……！

『あ、剣を使うのですか!?』

『そうよ？　今はナイフ持ってないし』

『肉の感触とか、ちょっと気持ち悪いので出来れば遠慮してもらえると助かるのですー』

『だったら、剣から出ればいいじゃない！』

『それが……ですね。どうにも、出られなくなっちゃったみたいなのですよー』

……何ですって？

『ど、どういうことよそれ！　その剣、一本しかない私の大事な大事な剣なのよ！　出られないってどういうことよ！』

『どうやら、魔法剣を撃った時に剣と一体化しちゃったみたいなのですー。時間を掛ければ出られると思うんですけど、しばらくは無理っぽいですねー』

『ですねって、そんなの困るッ！！　あんたみたいなのが剣に憑《つ》いたら、うるさくってかなわないじゃない！　私はね、人とずーっと一緒にいるとストレス感じるタイプなのッ！！』

出なさい、このこのッ！！

力任せに剣を振り回し、どうにか精霊さんを引っぺがそうとする。

しかし、一体化したと言うのは本当なようで、全く出てくる気配はない。

それどころか、何とも具合の悪そうな念が飛んできた。

『や、やめてほしいのですー！　そんなにぶんぶん回されたら、気持ち悪くなっちゃうのですよー！』

『そんなこと言われてもねえ！　とりゃッ！！』

『ぼ、僕が入っていても悪い事なんてないのですよー！　そりゃ、ちょっとはお話しするかもしれませんけどー。切れ味が良くなったり、魔法剣を撃ちやすくなったりいいとこいっぱいなのですー！』

『それぐらいじゃ、あんたの相手をする割には合わないわよ！　さっきだって、斬るの嫌だってごねたじゃない！　これからずーっとそんなこと言われたんじゃ、たまったもんじゃないわ！』

『出来るだけ、出来るだけ我慢するのですー！　だから、今すぐ……やめてくださいーッ!!』

『よーし、分かったわ！　それじゃ、ついでに加護もつけて。ラーゼン倒したんだから、貰う権利はあるはずよ！』

剣を振る手を止めると、ちょっと低めの声で言う。

恐喝っぽいけど、言われたことやったんだから当然の権利だ。

主張するところはキッチリ主張しなきゃね。

貰えるものを貰わないのは、貧乏の元なんだから！

『……精霊相手に、えげつないのですよー。分かったのです、加護もあげるのです。ただ、キッチリ定着させるためには進化した後の方が良いので、先に進化をお願いするのですよー』

『よし、分かったわ。ではさっそく魔石を取り出して……おっと！』

心臓のあたりに剣をやると、骨とは違う硬い何かに当たった。

急いで手を差し入れれば、それはもう大きな魔石が出てくる。

赤ちゃんの頭ぐらいはありそうだ。

光り方も申し分なく、血のような深い紅をしている。

『おお！　あとは、こいつを吸収するだけ……！　精霊さん、進化する間の見張りは任せたわよ！

さっきの魔石、使い切っちゃってもいいから！』

『任されたのですー！』

では……！

緊張の一瞬。

息を呑んだ私は、魔石を自分の胸骨へと押し付けた。

魔物としての本能だろうか。

飲み込むことができないこの魔石をどうやって吸収すればいいのか、感覚的に理解できたのだ。

「カカカッ!!」

骨に魔石が溶けていく。

色彩の近い骨と魔石は、互いに混ざり合うかのようであった。

骨の周囲ににわかに血管のようなものが生じ、全身へと伸びていく。

――トクン、トクン。

魔力を吸い取られ、魔石が激しく脈打つ。

その度に、全身の骨が軋んだ。

体中が作り替えられていく異様な感覚。

けれど、それほど不快ではない。

むしろ、妙に気持ちが良くてくすぐったいような感覚だ。

「カカッ！　スースーッ！」

『頑張るのですよー！　あとちょっと、あとちょっとなのです!!』

「カッ！　カカッ……！」

あは、あはは！

気持ち良すぎて、精霊さんの念に応えることすらままならない！

苦しい、気持ち良いけど苦しい！

どうしてこうも、進化のたびに変な思いをしなきゃならないのかしらね！

痛いわけじゃないけど、悶《もだ》えるような感じだわ。

熱い、身体が燃える……！

骨が溶けちゃう……ッ!!

かァ、炎が、炎が見える……ッ!!

あまりの熱に幻影でも見ているのだろうか？

私の身体を、真っ赤な炎が包んでいる……ッ!!

暖かくて意外と気分は良いけど、炎に包まれるのって視覚的にくるものがあるわね……！

何で炎なんて……！

……はあ、はあ！
やっと収まったわ。
いったいどれほどの時間が経ったのだろう？
私はゆっくりと身を起こそうとして……はたと気づく。
身体が、明らかに重くなっているのだ。
これは、もしや……ッ!!
腕を確かめてみると、あった。
干物みたいで、しわしわだけれどもあった。
ここ数か月、私が探し求め続けていたものが確かにあったのだ。
――お肉がついてるッ!!
苦節数か月、ようやく私は肉を取り戻したのだった――。

第三十六話　進化した私の力ッ！

おにく、おにく、おっにくーッ!!

まだまだ骨と皮だけだけど、私の身体にお肉がついた！

やっぱり、私の進もうとしている道は間違っていなかったらしい。

わずか二か月足らずでここまで回復するなんて、結構凄いんじゃないだろうか？

この調子なら、ギルドカードが失効する前に町まで戻れるかもッ!!

『どう、進化した私のボディは？』

『そうですね、しわしわなのです』

『………他には？』

『ガリガリですね。あとさっきから妙に胸を寄せてますけど、無駄な抵抗なのですよー。そんな干からびた胸を寄せたところで、何も生まれやしないのですー。ないものはないのですよ』

『もう！　人が気にしてるところを、そんなズケズケ指摘しなくてもいいわよッ！　ちょっとぐらい、見栄を張ったっていいでしょうが！』

『そんな身体で頑張っても、仕方ないと思うのです……』

ぐぐぐッ……！

この生意気な精霊さんめ……！

いつか絶対に、この大事な剣から追い出してやるんだから！

今に見てなさいよ！

……あー、でも確かにこいつの言うとおりかもしれないわね。

剣の表面を鏡代わりにして見れば、たちまち完全に干からびた姿が目に飛び込んでくる。

うーん、人間の年寄りに見えなくもないけど……ちょっと無理があるかな?

骨が浮き出し過ぎていて、いくら何でもちょっとガリガリすぎる。

これじゃ「シース・アルバラン、十六歳！」ならぬ「シース・アルバラン、百六十歳！」って感じだわ。

人間の老化の限界を、一回り超えたような見た目だ。

『とりあえず、家に戻りましょ。魔物大百科で私の種族を調べないと』

『了解ですー』

『よーし。じゃあ、この身体の試運転も兼ねて……全速力で行ってみますか！』

ダンッと地面を蹴り、岩場から宙へと飛び出す。

ヒャッフーッ!!

風が気持ちいいわッ!!
そのまま岩から岩へと飛び回ると、今度は木の枝へと乗り移った。
ビュンビュンッと、しなる枝から枝へ駆け抜けていく。
うーん、最高ッ!!
骨だった時も身軽だったけど、この身体もなかなかのもんだわ！
パワーも出るし、あとは見た目さえ良ければいうことなしね！
瑞々《みずみず》しいお肌、ボンキュッボンッのパーフェクトなボディを早く取り戻さないと。
こうして走ること十数分、あっという間に湖が見えて来た。
あまりの速さに、自分でもちょっとびっくりする。
やっぱり、種族の差って半端なもんじゃないわね。
『ただいまーっと』
『おお、なかなか立派なおうちなのですー』
『でしょ？　ま、もうそろそろ燃やしちゃうんだけどね』
『え？』
精霊さんの驚きをよそに、私は部屋の端に置いてある布袋を漁った。
お、あったあった！
大百科先生を見つけると、すぐさまページを繰っていく。

えーっと、今の私の特徴に合致する魔物はっと……あった！

『死蝕鬼（サナトス）

脅威度：Bランク
肉体を保つだけの力を得た、不死族のモンスター。

長い年月を経た不死族が至る上位種の一つで、わずかながらも血肉があるのが特徴。

俊敏性に優れ、軽い肉体を活かした動きは非常に厄介である。

また、肉体を有しているためスケルトン種よりも遥かに腕力に優れている。

枯れ木のような見た目に油断して、力比べを挑むようなことを決してしてはいけない。

真偽は不明だが、放置していると吸血鬼などへ進化すると言われているため、素早い討伐が必要とされる』

やった、Bランク!!

さすがにAには至れなかったけど、やった！

BとCとの間の壁って結構高いから、一回で超えられるかちょっと不安だったのよね。

進化するって言われてるらしいし、これはいよいよ吸血鬼とかになれる可能性が高くなってきたかな？

万歳、万歳、万歳ッ!!

吸血鬼って見た目は完全に人間だし、そこまで行けたらあとはこっちのもんよ！

今に見ていなさい、ルミーネ！

あんたの血を吸い尽くして、しわっしわにしてやるわッ！

今の私みたいにしてやるッ!!

『うーん、これはちょっと違うような……』

『どうしたの、精霊さん？』

『シースさんは自分のことを死蝕鬼だって考えてるみたいですけど、僕は違うと思うのですよー。だって、死蝕鬼は不浄な存在なのです。でもシースさんからは、むしろ聖なる気配がするのですよー』

『え？　そりゃまあ、私の心が清らかだからじゃない？　身体は死蝕鬼でも、心は乙女なんだから！』

ふふんッと自慢げに胸を張る私。

精霊さんから何やら疑問の籠った念が送られてくるが、そんなこと言われてもね。

死蝕鬼以外に今の私の状態とぴったり合う種族なんてないし。

穢《けが》れに満ちているとかよりはずーっとマシなんだから、ま、気にしないに限るわ。

細かいこと言いだしたら、生前の意識を保っている時点でおかしいんだし。

もしこれが当たり前なら、今頃、私にはスケルトンのお友達が出来てるわよ。

『まあまあ、それよりもさ。約束の加護をちょーだい。ちゃんと進化したんだから！』

『そういえばそうでしたね。ではでは……』

剣を高く掲げる。

するとたちまち、そこからまばゆい光が降り注いだ。

金色の粒となった光は、私の身体を覆い尽くしていく。

枯れ木のような肢体が、にわかに淡い光を纏う。

その様子はさながら、天使の衣か何かのようであった。

『綺麗……ッ!』

『ふう、疲れました。これで完了なのですよー』

『ありがと! これで、私も例のエコーって奴が使えるようになったの?』

『はい! 掌から魔力を放出して、エコーって言えばいいですよ』

『じゃあ早速、自分の能力を調べてみようかしら!! エコーッ!』

胸に手を当ててそう言った瞬間、ポーンッと体の中を何かが抜けていった。

魔力の感触……かな?

その直後、視界の端にみるみる数字が浮かび上がってくる。

これが、エコーの能力か!

察するに、相手の身体に魔力をぶつけて、その反発で大体の魔力量をはじき出しているってところかしらね。

『えーっと、数字は……７５４ッ!!』
結構強かったヴァーミリオンから、ご、五倍近くまで強くなってるッ!!
私の驚きの声が、小屋全体に響き渡ったのだった――。

第三十七話　え、知らないの!?

『まったく、気づいたならさっさと言いなさいよ!』

そういうと、葉っぱを纏った私は精霊さんの宿った剣をぶんぶん振り回した。

突然血に飢えて剣を振り回したくなったとか、そういう危ない理由ではない。

精霊さんが、とーってもも大事なことを言わなかったからである。

まったく、こいつときたらスケベなんだからッ!!

『だって、今までは全然気にしてなかったのですよー!』

『うるさい!　お肉が付いたんだから、素っ裸なことを気にするのは当たり前でしょ!』

『でも、ついたといっても……そんなしわしわでからからな裸、誰も興味ないのですよー』

『カーッ!!　そういう問題じゃないわよッ!!　この馬鹿精霊ッ!!』

怒り心頭に発した私は、そのまま剣を鞘《さや》に納めた。

まったく、ノートを書くときにたまたま「そういえば、装備をつけてない!」って気づかなかったら今頃どうなっていたことか。

ずーっと葉っぱやぼろきれ一枚のままで生活を続けていたかもしれない。

骨だけならともかく、一応は肉のついた身体でそれはちょっとね。

大事なところすら隠れないいんだから、そんなのほとんど裸と同じだ。

女の子として、沽券《こけん》にかかわる問題なのだ。

興奮のあまり気づかなかった私も悪いけど、気づいて黙っていたらしい精霊さんはもっと悪い！

両性具有っぽい感じの癖に、女心って奴をぜんっぜん理解してないんだから！

そうだ！

毛皮も手に入ったことだし、下層を目指して出発する前に葉っぱじゃないちゃんとした服を作ろう。

お裁縫ってほとんどやったことないけど、簡単なマントぐらいならどうにかなるかな？

ラーゼンの毛皮なら、防御力だってそれなりにありそうだ。

なんといってもフェンリル種、素材としては一級品だろう。

そうと決まれば、さっそく皮の剝ぎ取りをしないとね。

もったいないからって、ぜーんぶ運んで来ておいてよかったーッ！

一部だけじゃ、マントなのに七分丈になっちゃうからね！

ナイフを手にすると、すぐさま家の外に保管してあったラーゼンの死体のもとへ行く。

魔力をたっぷりと秘めた死体は、まだまだほとんど腐る気配がなかった。

透明感の強く残る瞳や鈍く光る牙など、今にも噛みついてきそうである。
それに戦々恐々としつつも、ナイフで肉を引き剝がしていく。
で、ある程度毛皮を切り取ったら湖でザブザブ。
血や肉の残りかすをできるだけ綺麗に洗い流していく。
スーハースーハー……！
よし、あんまり臭わなくなった！
あとは風の当たるところでしっかり乾かせばひとまず大丈夫ね。
ホントはお日様で乾かすと良いんだけど、まだまだ夜は明けなそう。
とりあえずは、焚火でもして熱風を送ってやればいいかな？
ふと、後方に転がるお肉の山へと目をやる。
どうせなら、焚火をするついでに焼肉でもしようかしらね！
これだけあったら、今の食いしん坊な私の身体でも大満足だ。
フェンリル種のお肉、いったいどんな味がするんだろう？
ふふふ、ちょっと楽しみになってきた！
しかし、これだけのお肉を焼くなら薪もいっぱい必要だ。
この際だし、おうちの一部を取り壊して薪《まき》にしてしまおうか？
下手に立派な拠点があると、この場所にずーっと居座っちゃいそうだしね。

居心地のいい家は、旅立ちには邪魔になる。

いざとなれば勇者さんの部屋もあるし、せっかくだからパアッとやっちゃうか！

決意を固めた私は、すぐさま家の解体作業へと取り掛かる。

するとここで、腰に差した剣がブルルッと震えた。

精霊さんが、何か伝えたいことがあるらしい。

結構な勢いだ。

『なに？　私、今ちょっと忙しいの』

『なにじゃないのですー！　シースさんこそ、どうしておうちを壊しているのですか!?』

『え？　だって、これから旅立つからね。こんなおうちがあったら、せっかく下を目指して出て行ってもすぐにまた戻って来たくなっちゃうじゃない。私、追い詰められないとダメなタイプだから』

『でもだからって、壊すことはないのですよ！　下に旅立つと言っても、そう簡単に下層へ行けるわけではないのですー』

『……精霊さん、もしかして下層への道知らないの？』

勇者が下層へと向かった時、どこに道があるのか見たんじゃないの？

私がすぐさま疑問の念を送ると、精霊さんは何やらしょんぼりとした雰囲気になった。

そして、重苦しい感じで返事をする。

『……はい。フェイルが旅立った時、僕は彼女の後を追おうとしたんですけどすぐに振り切られちゃったのですよ。だから、フェイルがどこから下層に行ったのかは知らないのです』

『でも精霊さんって、この階層にかれこれ千年ぐらい住んでるんでしょ？　それならさ、それっぽい通路とかぐらいなら見たことあるんじゃない？』

『それが……上へ行く通路なら知ってるのですけど、下に行く通路は見たことがないのですよー。フェイルの後を追いたくて、これでも昔はいろいろと探したのです。でも、今までずっと……』

言葉を詰まらせる精霊さん。

………なんってことよッ！

これはつまり、この階層から下へ行くための通路は精霊さんが千年かけても見つからないってこと!?

そんなの、私がちょっとばかり捜索したところで見つけられるはずないじゃない!!

……ああ、頭痛くなってきた！

張り切って家をちょっと壊しちゃったけど、これじゃ出ていけない！

精霊さんが道を知っているとばかり思っていたのにッ！

あまりのことに、意識がちょっと遠くなってきた。

このまま移動できなかったら、こんなところで私死んじゃうの……そんなの絶対に嫌ァッ!!

……でも待って、勇者は確かに下へ行っているのよね？

それなら、この階層のどこかに下へと続く通路の入口が確実にあるはずだ。

精霊さんが千年かけても行かなそうな場所……。

例えばそう、危険すぎて近づけないとか。

そういうところに、入口はあるに違いない！

『精霊さん、千年のうちに行ってない場所ってある？　どんな危険な場所でもいいわ』

『え？　そんなのないのですよー。あったら、もったいぶらずに言っているのです！』

『ホントにないの？　どんなところでもいいの！』

『ないったらないのです！　ドラゴンさんの縄張りにだって、ちゃーんと行ったのですよ！』

『でもそれじゃ、勇者だって下には行けないわ。必ずどこかに通路はあるはずなのよ、どこかに！』

私がそういうと、精霊さんは半ば意固地になったように「ないのです！」と返して来た。

うーん、となると本当に場所は限られてくるわね……。

もしかして、精霊さんにはまず行けなそうな湖の底とかか？

でもそれじゃ、一応は人間である勇者にも入ることができないだろう。

この湖、相当な深さがありそうだし。

『うーん……まあいいわ、とりあえずお肉でも食べて後で考えましょ。腹が空いては思考は出来ぬってね！』

『……分かったのですー！　ひとまずは、ラーゼンに勝利したことを祝うのですよー！』

こうして私と精霊さんは、先のことはそこそこに二人だけの宴を始めた。

将来への不安はあるけど、それより今はお肉の味よね！

うーん、ちょっと硬いけど味がしっかりしていて美味しいわ！

こんなのがたっぷり食べられるなんて、ラーゼン倒してよかったーッ!!

舌の上で弾ける肉汁が、ホントにたまらない！

いくらでも食べられちゃう！

……ま、後のことはそのうち何とかなるわよ。

私は自分で自分にそう言い聞かせると、とりあえずお肉を頬張るのだった。

この骨ばった身体を、少しでも何とかするために――！

第三十八話　ドラゴンの巣を目指そう！

うっわー、たっかいわねッ!!

そそり立つ岩壁の高さに、思わず変な声が出た。

第一階層の大空洞も大した天井の高さだったけど、第二階層はその比じゃない。

上の方は完全に霞んでしまっていて、夜の状態でははっきり見えないぐらいだ。

もしこの壁が地上に聳《そび》えてるなら、頂上のあたりは確実に雪を被《かぶ》ってるわね。

空気の薄さも心配になりそう。

『この岩壁のどこかに、あのドラゴンの巣があるの？』

『そうなのですよー。でも、どうしてこんなところに？　ドラゴンさんに見つかったら、食べられちゃうのですーッ！』

『そうは言ってもさ。あんたが一番行かなそうな場所がドラゴンの巣でしょ？　だったら、ドラゴンの巣に下層への道があるって考えるのが自然じゃない？』

『これでも、一応はドラゴンの巣も見たのですよー！　でも、そんなのなかったのです！』

よっぽど怖い思いをしたのか、剣を揺らして必死に抵抗する精霊さん。

でも、サラッと見たぐらいじゃ見落としがありそうなのよね。

隠し扉とか、そういうのだってあるかもしれない。

この迷宮を造った存在は、相当に意地が悪そうだしね。

『それで、この壁のどこにドラゴンが居るの？　壁のどこかってだけじゃ、さすがに分かんないわよ！』

『僕の話を聞いていないのですか!?　嫌なのです、言わないのですーッ！』

『それじゃ始まらないでしょ！　あんまりわがまま言っているとね、お肉解体の刑よ！』

『ぐぐ……！　で、でも言わないのですー！　僕の意志はとーっても堅いのです！』

ええい、しぶといわね！

普段はほわわーんってしているくせに、こういうとこだけ頑固なんだから！

こうなったら、私の心がちょっと傷つくけど……！

剣を鞘から引き抜くと、胸板に押し付けてズリズリと擦《こす》る。

『とりゃッ！　胸板攻撃ッ!!』

『ぎゃあッ！　やめるのですよー!!　視覚的暴力と物理的暴力の合わせ技なのです、凶悪過ぎるのですッ!!』

『だったら、ドラゴンの居場所を言いなさいッ！』

『わかったのです、降参なのですよ！　ドラゴンはここから壁沿いにずーっと北方に行った、山のてっぺんに居るのです！』

『山？　こんなところに？』

『はい、壁の一部が崩れて高い山になっているのですよ。ドラゴンはその頂上に住み着いているのです！』

ふーん、そういうことね。

やっぱりドラゴンって、山のてっぺんに住んでるんだ。

ドラゴンとバカは高いところが好きっていうけど、ホントかもしれない。

『よし、北の山にしゅっぱーっつ!!』

『ぐぐ……穢されちゃったのです……あまりに残虐な刑罰なのです……』

『あんたねえ、もう少し柔らかく言うってことを覚えなさいよ……言っとくけど！　この私の胸を堪能《たんのう》するなんて、ホントは金貨貰っても足りないぐらいなんだからね！』

『そんなの、こっちが大金貨を貰っても嫌なのですよ……』

『カーッ！　いつか絶対に見返してやるんだからね！　人間に戻った私の姿に、腰を抜かしなさいッ!!』

まったく、失礼しちゃうんだから！

えーっと、北は……こっちか！

私は剣を鞘に納めると、意気揚々と壁に沿って歩き始める。

しっかしこの迷宮、本当に大した広さだ。

小さな国ぐらいなら、中にすっぽり入っちゃいそう。

精霊さんの案内無しにドラゴンを捜そうと思ったら、ひと月はかかっていたわね。

居場所を知っていただけでも、連れてきた価値はあったか。

『ねえ、精霊さん』

『なんです?』

『精霊さんって、このダンジョンに千年ぐらいいるらしいけどさ。このダンジョンを誰が造ったのかとかは知らないの?』

『そこらへんのことは、まったくなのですよー。僕も、気が付いたらこの中に居たので。どこにあるのかすら、分からないのです』

『…………ちょっと待って。その言い方だと、精霊さんってもしかして外から来たの?』

私が尋ねると、精霊さんは「何を当たり前のことを」って感じで念を返して来た。

考えてみれば、そうか。

精霊さんは清浄な魔力から生まれる存在だ。

いくら魔力たっぷりとはいえ、まがまがしい気に満ちたダンジョンの中で発生するはずがない。

どこかからここに迷い込んで……あれ?

『ちょっと待って。外から来たならさ、どうしてこんな奥に居るの？　あの長くて暗ーい通路を、延々と抜けて来たわけ？』

『通路？　僕の場合、森で寝ていたらいつの間にかこの階層に居たのです。たぶんですけど、魔法で連れてこられたのですよ』

『魔法でねえ。考えてみれば、モンスターは魔力で自然発生するにしても森はそういうわけにも行かないわ。もしかしてこの森、ぜーんぶどっかから持ってきたってこと……？』

転移魔法陣とかを使えば、理論上は出来なくもない。

でもそんなことしようとしたら、それはもうとんでもない魔力が要《い》るはずだ。

宮廷魔導師クラスの使い手が、数十人単位でぶっ倒れることだろう。

それでも、全然足りないかもしれない。

うーん、このダンジョンを造ったのはやっぱり魔王なのか？

となると、伝説に残されている「宝を隠した迷宮」ってのがここなんだろうか？

でも、それにしたっていくら何でも大規模過ぎる気がする。

お宝を隠すだけなら、地下深くに金庫でも埋めとけば十分だし。

こんなデカくて大掛かりなもの、造る必要がない。

『分からないわねえ。何の目的があってこんな場所を……精霊さん、どう思う？』

『うーん……ここの作成者が魔族だってのは、雰囲気で分かるのです。魔族の考えなんて、僕らには分からないのですよ』

『そうね。なんてったって、魔族だからね』

魔族って、本能レベルで「世界を破滅させなきゃ！」って思ってる連中らしいからなあ。

人間にも悪い奴はいるけど、完全に次元が違う。

そんな奴らが何を考えてダンジョンを造ったのかなんて、やっぱ考えても無駄かも。

『あ、見えて来た！　あれがドラゴンの住んでる山？』

『ですよー！　あのてっぺん、ちょっと凹んでるところに巣があります！』

岩壁のすぐそばに聳える、巨大な山。

綺麗な円錐《えんすい》形をしたその裾野に向かって、私は勢いよく走りだした。

けれどここで――。

『ド、ドラゴンッ!?』

『逃げるのですよーッ!!!!』

突如として現れた赤い影に、大慌てで身を隠すのだった――。

第三十九話　伝説の武器、それは……

あー、もうッ!!

お出かけしてたっぽいのに、どうしてこんな時に帰宅するのかな!

悠々と山頂に戻っていくドラゴンの姿に、思わず歯ぎしりする。

勉強に身が入りだしたところで「ご飯が出来たよー」と言い出すお母さんぐらいに空気が読めてない。

まったく、忌々しいったらありゃしないわ!

『また出かけるのを待つしかないかしらね?』

『そうですねー。ただ、ドラゴンの行動周期ってかなり極端なのですよー。一度活動を開始したら一か月ぐらい活動しっぱなし、休み出したらずーっとお休みって感じなのです』

『げ、つまり一度家に戻ったらしばらくは出てこないってこと?』

『そうなのですー。たぶん、ひと月は引きこもるのですよ』

『それはちょっと困ったわね……』

額に手を押し当てると、喉の奥で軽く唸る。

こんなところで、そんなに長いこと待ってられますかっての！

ギルドカードの期限とかもあるし、さっさと脱出しなきゃいけないのに！

ええい、こうなったらリスク覚悟でドラゴンを巣から誘い出してみるか……？

女は度胸、いざって時は思い切りが大切よ！

『精霊さん、ドラゴンってお肉とかで釣れるかな？』

『眠りに入る時は、たぶん食い溜《だ》めをしていると思うのですよ。だから、たぶん厳しいのです』

『じゃあ、光り物とか』

『そんなのそもそも持ってないのですよー！　ドラゴンは物凄く目が良いので、魔法で偽物を造ったところで気を引く前にばれちゃうのです』

なんとまあ、厄介だこと！

でもなあ、こんなところで待機ってのもねえ……。

切実な問題として、進化して以降はこの階層の魔物を食べてもあんまり強くなった気がしないのだ。

前に進化した時と同様に、強くなったことで弱い魔物からは力を吸収しづらくなっているのだろう。

それなのにこの階層にとどまり続けたら、待っているのは間違いなく停滞だ。

そんな悠長なことしている暇、私にはないッ！

『うーん……いっそ、遠くから攻撃でもしてみようかしらね』

『攻撃ですか？　そんなことしたら、すぐに向かってくるのですよ！』

『もちろん、私たちが直接やるんじゃないわ。ひとりでに攻撃するような仕掛けを作ればいいのよ。そうね、例えば火を使って仕掛けを支えている紐を少しずつ焼き切るとか。そうすれば、無人でも勝手に仕掛けが発動するわ』

『なるほどー。でもそれだと、かなり遠いところから攻撃する必要があるのですよ。近くだったらすぐに仕掛けが見つかっちゃいますし。投石機でも、作るのです？』

『投石機か……』

頭をひねって考える。

投石機なら、ドラゴンを叩き起こすのに十分な威力があるだろう。

でも、投石機ってどうしてもサイズが大きくなりがちなのよね。

攻城用のやつなんかだと、ちょっとした見張り台ぐらいの大きさがある。

そんなの、隠したところですぐに発見されて壊されちゃいそうだ。

『小さくて、なおかつ飛距離が稼げる武器じゃないとダメね。そういうの、何か知らない？』

『だったら、弓矢なんてどうです？　エルフの使う弓矢って、すっごい距離を飛ぶのですよー！』

『弓矢ねえ。でも、エルフみたいに飛ばすには風の魔法を使わないと難しいわよ。あらかじめ魔法をかけておくってのも難しいし、無人じゃできないわ』

『考えてみれば、そうなのです。むむ……！』

唸り始める精霊さん。

知恵熱でも出しているのか、剣がほこほことあったかくなる。

冬場にちょうどいい感じの温度だ。

私も精霊さんの熱心さにつられて、一緒に考える。

うう一ん、弓矢ねえ。

そうだ、あの武器だったら威力も飛距離も、大きさも申し分ない！

『そうだ、バリスタよ！　バリスタを作りましょ！』

『バリスタ？　え一っと、飲み物を作る人でしたっけ？』

『違うわよ、弓矢の一種。かつて古王国が造った巨大バリスタは、一発で万の軍勢を吹き飛ばす威力があったとか言われてるわよ』

『……何だか、ちょっと胡散臭いのですよ一。矢で軍を吹き飛ばすって、人が縦に並んでいないと――』

『もう、伝説に野暮なこと言わないの！　さすがに大げさだとしても、バリスタって相当威力があるのは確かみたいよ。ドラゴンを起こすぐらいなら、たぶんできるわ。今回はそれで十分！』

そう念じて笑うと、さっそく作成に取り掛かる。

さすがに家を作る時とは勝手が違っていて、作業はなかなかに難航した。

特に、しなる木材を探すこと自体が結構な大仕事だった。

普通の木材を使うと、矢を発射する前にへし折れてしまうのだ。

最終的に、この森に詳しい精霊さんが適した木を探してきてくれてなんとかなった。

何でも、魔力の宿った特別な樹木らしい。

あとは、こうして入手してきた材料をナイフとかでちびちび加工して完成！

結局、丸一日以上かかっちゃった。

でも手間がかかった分、なかなかの自信作が出来たと思う。

まず、一番重要な弓は折れないギリギリのラインで美しい弧を描いていた。

木材の密度が高く、叩くと重い音がする。

ピンっと張りつめる弦は、森で見つけてきた細いツタを編んだもの。

これがなかなか丈夫で、弓の強烈な張力にもバッチリ耐えていた。

続いて矢は、細くて丈夫な枝をさらに削り出したもので、先端に石の矢じりをつけている。

後方には、拾って来た怪鳥の羽を挟んで矢羽の代わりとした。

丹念に削ってほぼまっすぐに仕上げたので、問題なく飛ぶことだろう。

『よし、あとは弦の部分を紐で引っ張って、それを少しずつ炙《あぶ》れば……完成ね！』

『ふう……大変だったのですよー』

『あんた途中から、僕は何もできないのでって言って助言もせずに休んでたじゃない』

『さ、最初の木材選びが大変だったのですよー！　それに、途中まではちゃんとアドバイスしてたのです』

『……意外と、そういうところで調子いいんだから。まあいいわ、それよりも登山開始よ！』

仕掛けに火をつけると、急いで山の裾野へと向かう。

導火線が燃え尽きて、小さなたいまつに火がつくのが恐らく数分後。

そこから、たいまつが上方に置かれた紐を焼き切るまでがだいたい十分といったところか。

それまでに、この急な斜面を登り切っちゃわないとね……ッ!!

『チッ、お肉が付いたせいでちょっぴり体が重いわね。筋力もついたから大して変わらないって思っていたけど……地面が！』

思っていた以上に、斜面が崩れやすい。

足を置いたくぼみの縁が、たちまちパラララッと砂に還って落ちていってしまう。

壁が崩れて出来た山なだけに、地面が隆起して出来たものと比べて丈夫ではないようだ。

風化した岩のもろさと来たら、どこかの砂丘のようだ。

チッ、こいつは厄介ね！

私は仕方なく、剣を抜き放って――。

『精霊さん、ごめん！』

『え？　……あ、何するのですか!?　折れちゃうのですよーッ！』

『しー、騒がないの！　ドラゴンが起きちゃうでしょ！　こうでもしないと、登り切れないの！』

剣を杖の代わりにすると、えっさほいさ。

精霊さんの悲鳴をよそに、斜面をぐいぐいと登っていく。

やがててっぺんに、尻尾を抱えて眠るドラゴンの姿がはっきりと見えた。

岩や木材を大量に集めて、山の頂上にでっかいすり鉢のような巣を拵《こしら》えている。

あの巣のどこかに……下層へつながる何かがあるはずだ。

もしも入口がなかったにしても、ドラゴンのことである。

鍵とか何か、重要なものを宝としてため込んでいるに違いない。

『よし、あの岩陰で待機するわよ！』

『分かったのですよー』

あとは、矢が飛んできてドラゴンがそれに反応するのを待つばかり。

私と精霊さんはともに無言になると、頂上付近の岩陰に身をひそめる。

ドラゴンの寝息が、はっきりと聞こえて来た。

緊張がいやがおうにも高まり、鳥肌が立ってくる。

早く、早く！

矢よ、とにかく早く飛んできて!!

一心に祈っていると、私の願いが届いたのだろうか。

森からビョウッという風音と共に、矢が飛んできた。

矢は美しい直線軌道を描きながら、みるみるうちに大きくなっていく。

いいぞ、この調子だ！

眼元が自然と緩んでくる。

そして――。

「ギギャアアアアッ!!」

「ッ!?」

通りすがりの鳥に当たり、あたりに大絶叫をまき散らしたのだった――。

第四十話　私を連れて行って！

なんってついてないんだろう!!

放った矢がたまたま通りすがりの怪鳥に当たるなんて、何千——いや、何万分の一のはず。

あまりにもついていない。

ありえないぐらいよッ!!

もしかして神様は、私たちを見放したのか……!?

頭の中が悲劇一色に染め上げられる中、ドラゴンが起き出す。

安眠を妨げられたことが、よほど気に入らなかったのだろう。

不機嫌そうに鼻を鳴らすと、犯人を血祭りに上げるべく周囲を見回す。

——もっとも恐れていた事態になっちゃったわね！

当初の計画だと、ドラゴンは矢が飛んできた方向へすぐに飛んでいくはずだった。

でもこれじゃ、どこから攻撃されたのかわからなくて周囲を捜索してしまう！

大岩の陰に隠れてはいるけれど、ドラゴンのことだからすぐにそれぐらい発見するだろう。

――こうなったら、やられる前にやるか？

起き出したばかりのドラゴンはよろよろとしていて、隙だらけに見えた。

これなら、全力で魔法剣を撃てば何とかなるかもしれない。

進化する前の段階で、あのラーゼンの身体を軽々貫けたのだ。

死蝕鬼へとランクアップを遂げた私なら、ドラゴンの鱗だって――行けるかもしれない。

剣に手を掛けた私は、すぐさまエコーを放って相手の実力を探る。

すると、視界の端に浮かび上がった数字は――。

『２２７００』

…………に、二万二千七百ぅッ!!!!

ば、化け物もいいとこじゃない！

ラーゼンのだいたい二十倍って、こんなの絶対に勝てるわけないじゃないのよ！

ダンジョン造った責任者、出てきなさいッ!!

この階層にこんな化け物を置くなッ!!

頭おかしいわよッ!!!!

あまりの数値にビビってしまって、私は息すら止まりそうになった。

身体が勝手に、ドラゴンから距離を取ろうとする。

ゴブリンキングやラーゼンの時よりも、さらに激しく格の違いを感じた。

強いとは思っていたけれど、まさかここまでとは。

こんなのに勝てる奴なんて、それこそ勇者ぐらいしか……いや、待って！

そこまで考えたところで、頭の中をある考えがよぎった。

こいつの存在はそう、あまりにも理不尽なのだ。

自然発生したとは思えないし、このダンジョンを造った存在が外から連れて来たのはまず間違いない。

でも、どうしてわざわざこんな化け物をダンジョンの中に入れたんだろう？

門番とも考えられるけど、こいつを用意してまで取られたくないような宝は、最初からもっと奥へと隠してしまえばいいのだ。

ドラゴンは人間を凌駕するほどの知能を持つと言う。

もしかしたらこいつは——戦うこととは別の、何か特別な役割を与えられているんじゃないのか？

ええい、こうなったら一か八かだ！

このままじゃどっちにしろ見つかるし、なるようになれッ!!

「ド、ドラゴン……！」

岩陰から出ると、すぐさまドラゴンの顔を見据えて呼ぶ。

まだまだ発音することに慣れていない喉は、酷くかすれた声しか出せなかった。

しかしドラゴンにはそれで十分で、すぐさま金色の眼がこちらを覗き込んでくる。

そして大きく顎を開くと、確かに人間の言葉で話しかけて来た。

「ほう、自ら出てくるとは潔いな。我が眠りを妨げたのは、そなたか？」

「そ、そうよ……！　私が、あんたを起こした！」

「ふん、そうか。ならばさっそく喰らってやろうか！」

「私なんて、食べても、美味しくないわよ！　それにあんた、挑戦者に対して、何かしら……すべき仕事があるんじゃないの？」

精一杯の虚勢を張って、強い口調で言う。

するとドラゴンは、少し驚いたように目を丸くした。

「ほう、そなた気づいたのか？」

「え、ええ！　ほら、さっさとしなさいッ！」

適当に話を合わせ、大きく胸を張る。

これでも、演技力には自信がある方だ。

じっと見据えてくるドラゴンの視線に耐え、何とかもっともらしく姿勢を維持し続ける。

何だかよくわからないけど、早く納得してちょうだい！

針の筵《むしろ》に座らされたような心持ちで、ただひたすらに時が過ぎるのを待つ。

そして――。

「良かろう、第三階層への道を開こうではないか！」

「……ああ、なるほど。あんた自身が、鍵だったってわけか！」

「何じゃ、気づいてはいなかったのか……」

「いや……その。存在があまりにも不自然だから、何かしらの役割を与えられているのだとは思ったわ。ダンジョンの構造からして、敵から宝を守る以外の何かをね」

「ふん、やはり気づいているではないか。我が役割は、その威をもって挑戦者の勇気を試すこと。勇気をもって我が前に立たぬ限り、永遠に第三階層への道は開けぬようになっている」

……勇気を試す、ねえ。

勇者さんなら呆気《あっけ》なくクリアできそうな課題だ。

でも、普通はそんなの達成できないわよ！

確実に負けるって分かっていて立ち向かうのって、それ勇気じゃなくて蛮勇《ばんゆう》なんじゃないの？

するとドラゴンは、私の考えを読んだのか笑いながら言う。

「そなたの方から来なくとも、いずれ我の方から襲うつもりであった。そなたが上層より来た時から、存在は把握していたのでな。それで、逃げ続けずに立ち向かえば試練は合格だったのだ」

「ふーん、そういうこと。しかし、試練ってのがよくわからないわね。うすうす思っていたんだけど、このダンジョンって挑戦者を強くするための施設か何かなの？」

「……それは言えぬ。教えてやりたいのはやまやまなのだが、あいにく、そうは出来ないように術式を掛けられていてな。情けないことよ」

深々とため息をつくドラゴン。

くたびれたその姿からは、もはや覇気など感じられず哀愁すら漂っていた。

家族に相手にされないお父さんのような雰囲気である。

考えてみれば、ずいぶんと可哀そうなものだ。

なにせ、ドラゴンからすれば小さな箱庭みたいな場所に、千年も閉じ込められているのだ。

やることないだろうし、私なら退屈で死んじゃうかもしれない。

「あんたも、ずいぶん苦労してるのね……」

「言うな。それより、務めを果たさねばな。第三階層へは、このまますぐに向かうか？」

「そうね、荷物を持ってきていい？」

「構わぬ、待とう。だが、出来るだけ早く戻ってきた方が良いぞ。夜が明けてしまえば、さすがに我が翼でも向かうことは難しくなる」

「え？　夜が明けると何かまずいの？」

私がそう言うと、ドラゴンは呆れたような顔をした。

長い鼻息が、ピューーッと吹き抜けていく。

「そなた、通路の場所を知って我がもとへ来たわけではないのか？」

「いいえ、知らないわ。でも、この精霊さんが千年間も見つけられなかったって言うからさ。精霊さんがあんまり調べてない場所って言うと、あんたの巣ぐらいかなって」

腰の剣をポンポンと叩くと、ドラゴンは納得したような顔をした。

彼はよっこらせと身を起こすと、巣の端へと移動して、指を空高く掲げる。

その爪の先にあったのは――。

「月……？　まさか！」

「そうだ。あの巨大魔鉱石のわずかに欠けた部分に、第三階層へと続く通路の入口があるッ!!」

ドラゴンの予想外の言葉が、重々しく響いたのだった――。

第四十一話　第三階層、そこは……！
「遅かったな？」

「ちょっと食料の準備をしててさ。ごめんごめん」

荷物を背負って到着した私に、ドラゴンはずいぶんと冷ややかだった。

夜明けが迫って、少しピリピリとしているようだ。

全身から無駄にあふれる魔力が、ずいぶん威圧的だ。

「こんな時でも飯の心配か。食い意地の張った奴よ」

「失礼ね！　こんな時だからこそ、食料の心配をするんじゃない！　第三階層にちゃーんとご飯があるかなんて、分からないんだから」

「飯など、いざとなればどうにでもなるだろう」

「ならないわよッ!!」

最悪の場合、空気から魔力を取り込んででも生き延びられるドラゴンと一緒にしないでほしい。

こちとら、食べ物から魔力を補充しないとそのうち動けなくなっちゃうんだから！

私は肩をすくめるドラゴンの背中に、食料を目いっぱい詰め込んだ布袋をしっかりと括《くく》り付ける。

その重さに、ドラゴンのため息がさらに深くなった。

「……少しは遠慮してほしいのだが」

「何よ、天下のドラゴン様がこの程度の重さで飛べなくなるっての？」

「む、そのようなことはない。ないのだが――」

「だったら文句言わずに飛びなさい！　私の辞書に、遠慮の文字はないッ!!」

「……そなた、友達いないであろう？」

「うるさいッ!!　文句を言っている暇があったら、さっさと飛ぶのッ!!」

ドラゴンの背に飛び乗り、パンッと足で翼を叩く。

たちまちドラゴンは後ろ足で立ち上がると、翼を大きく広げた。

うおーッ!!

高い高いッ!!

一気に視点が高くなって、視界が開けてくる。

何とも気分爽快、気持ちいいーッ!!

「行くぞ。我の首にしっかりとつかまれ」

「オッケー、いつでもいいわよ！」

「では……ッ！」

皮膜の翼がはばたき、風が吹き荒れる。

轟々と音が響くたびに、ドラゴンの足が少しずつ大地を離れていった！

飛んでる、飛んでるわよッ!!

前にも怪鳥に乗ったことはあるけど、あの時は落ちるって感じだったからねえ。

地面から飛び立つとなると、また違った感覚だ。

何とも言えない浮遊感が、たまらなく心地良い。

次第に勢いがついたドラゴンの巨体は、そのまま巣の外へと飛び出した。

見る見るうちに高度が上がっていき、翼が風を切り始める。

遥か眼下を見れば、林立する巨木が凄いスピードですっ飛んで行った。

速い速い！

さすがはドラゴン、鳥なんか比べ物になんないわッ！

私は腰に手をやると、剣をほんの少し引き抜く。

『そら、あんたも見てみなさい！』

『こ、こんなところで抜かないで欲しいのですよーッ!?』

『こんなところだからじゃない！　ドラゴンに乗って剣を掲げるなんて、勇者っぽいでしょ!?』

『フェイルはそんなことしないのですッ!!』

『そう？　勇者ってこう、ドラゴンとか馬に乗って――』

『こら、我が背の上で下らぬ念を飛ばし合うでないわ！』

おわ、いきなり念が飛んできた⁉

ドラゴンさんも念話出来たんだ、知らなかった！

『出来ぬわけが無かろう。我は遥か古《いにしえ》より生きておるのだぞ？』

『それもそっか。それなら、最初から念を飛ばしてくれればよかったのに。私、この身体で発音するのに慣れてないのよね』

『この身体で？　そなた、もしや進化したのか？』

……何を言ってるんだか。

この階層に来た時の私と、今の私じゃ明らかに見た目が違うって言うのに！

ドラゴンの眼は良いとか、精霊さん言ってなかったっけ？

『気づかなかったの？』

『ああ、魔力の質が同じだったのでな。あまり気にしてはおらなんだ。言われてみれば肉がついておるわ』

『……おおざっぱねえ。女の子の服とかが変わっても、絶対に気づかないタイプだわ』

『誰でも年を取れば、そんなことであるよ。しかし、進化か……うむ』

進化という言葉に、ずいぶんと反応するわね？

何か思い入れでもあるのかな？

私が質問しようとしたところで、ドラゴンは遥か上方を見て言う。

『見ろ、もうすぐ月だぞ！』

『おお……近くで見ると、半端なデカさじゃないわね……ッ！』

『す、すごくおっきいのですーッ!!』

地上からだと、せいぜい人の頭ぐらいの大きさにしか見えない月。

しかし、上空から見たその大きさは半端なものじゃなかった。

これ……でーっかい山ぐらいはあるわよッ!!

私たちの軽く十倍はあるドラゴンの巨体も、月と比較したらネズミぐらいのもの。

翼を目いっぱいに広げても、直径上に軽く七〜八体は並べるだろう。

デカいとは思っていたけど、まさかここまで巨大な魔鉱石のかたまりだったなんて……！

『第三階層への入口はあそこだ！』

顎をしゃくるドラゴン。

その視線の先には、巨大な空洞があった。

古代文字によって縁取りのなされたそこからは、何やらまがまがしい空気が噴き出している。

黒い……とでも言えばいいのだろうか？

とにかく嫌な気配がする。

仄《ほの》かにだけど、墓土のような匂いもした。

『あそこに、飛び込むの!?　なんだかヤバそうな気配がするけど！』

『僕もちょっと、嫌な感じがするのですー！』

『そう言うな、あそこしか道はないのだ。そもそも第三階層というのが――む、悠長なことを言っている時間はないようだぞッ!!』

ドラゴンがそう言った途端、周囲がにわかに明るくなり始めた。

これは……夜明けだ！

魔力が減って昏くなっていた魔鉱石の光が、少しずつ回復してきてるッ!!

『わ、急に眩《まぶ》しく……！』

『いかんッ!!　月が太陽に変わったら、ここは灼熱《しやくねつ》地獄だ！　急ぐぞッ!!』

『わ、わかったわ！』

『しっかりつかまれ！　一気に行くッ!!』

『了解ッ!!』

私がそう答えると、ドラゴンは一気に加速した。

翼を折り曲げて入口を抜けると、真っ黒な通路を猛烈な速度で突っ切っていく。

耳元で唸る風が、何かの叫び声に聞こえて気味が悪い。

温度も見る見るうちに下がって行って、肌を裂かれるような冷たさだ。

『ちょ、ちょっと！　寒い寒いッ!!　もうちょっとゆっくり！』

『ダメだ！　この場所には、魔鉱石の魔力を求めて「性質の悪い者」が集まっている。早々に抜けねば、我はともかくそなたらには危険だ』

『いィッ!?』

さっきから聞こえている風の唸りって、ホントに亡者とかの叫びだったわけ!?

つか、そんなのが集まるって第三階層はいったいどんな場所なのよ！

ま、まさか――。

『ここからは垂直落下だ！　舌をかむなよッ!!』

『の、のわァッ!?』

『目が回るですー!?』

身体が浮き上がる感覚に、悲鳴を上げる私と精霊さん。

しかしドラゴンはそんなことお構いなしとばかりに、ぐんぐんと速度を上げていく。

やめて、もうやめてッ!!

速い乗り物は嫌いじゃないけど、いくら何でもこんなの死ぬッ!!

怪鳥の時などよりも遥かに速い速度に、さすがの私も気が遠くなるような感じがした。

何かしらね、頭の奥がふわあっと……。

感じてはいけない心地良さまで感じ始めてしまう。

それに耐えること、数分。

暗い洞窟を潜り抜けた私たちの目の前に、淡い光が広がった。
『ついたぞ、ここが第三階層だッ!!』
『これは……！』
どこまでも広がる緋色《ひいろ》の空。
その下には腐り果てた大地と、これまた血のように赤い湖が広がっていた。
彼方には怪しげな霧を漂わせる森や、巨岩を思わせるような厳《いか》めしい城の姿も見える。
『驚いたか？　ここ、第三階層は亡者どもの国となっているのだ』
『…………い』
『い？』
『いやあああああァ!!!!』
私の悲鳴が、緋色の空に響き渡ったのだった――。

特別編　たまにはお魚が食べたい！

──さすがにちょっと、飽きてきたわね……。

夕食──日は沈まないから腹時計基準だけど──の焼肉を頬張りながら、軽くため息をつく。

第二階層へと降りて来てから、はや数日。

もっぱら焼肉と果物ばかり食べてきたけれど、さすがに飽きて来た。

第一階層に居た頃と比べれば天国のような食生活とはいえ、ずっと同じなのはちょっとね。

調味料のバリエーションもないし、調理法だって焼くか煮るかぐらい。

もともとグルメな私としては、そろそろ趣向を変えたものが食べたいところだ。

とはいえ、森にあるもので食べられそうなものにはだいたい手を出した。

怪しい感じのキノコとかも、軽く摘《つ》まんでみたりしている。

こうなればいよいよ……！

──魚だわ！　魚しかないッ！

時間がかかりそうだからって、敬遠してきた魚釣り。

それをやる時が、いよいよ来たようだ！

やると決めたからには、いっぱい釣り上げないとねッ！

まだ作りかけのおうちへと戻ると、さっそく、竿《さお》の準備をする。

――針は骨で造って、糸は蜘蛛《くも》の糸をより合わせてッと……竿の本体は何がいいかな……。

あれこれ考えながら、作業を進めること数時間。

よし、出来た！

完成した竿を見やりながら、うんうんと頷《うなず》く。

即席の道具で作ったにしては、なかなか良いものが仕上がった。

そこらの釣り人が持っている道具と、さして変わらないぐらいのものが出来たんじゃないだろうか？

あとは、餌になる虫を針の先に仕掛けてっと。

ふふふ、完璧！

これで湖の魚どもを釣って釣りまくってやるわッ！

「カカカッ！」

湖面に向かって、全力で仕掛けを投げる。

狙うは大物、この湖の主よ！

どんな奴かは知らないけれど、見事釣り上げて刺身にしてやるッ！

さあ来い、来いッ！
この私と勝負するのよ！
……意外と、かからないもんね。
今か今かと、待ち続けることしばし。
魚は一向に食いついてくる気配がなかった。
湖面はどこまでも穏やかで、波ひとつとてない。
湖岸に立って覗き込めば、魚は……居たッ！
かからないからてっきり居ないのかと思ったけど、ちゃーんといるじゃない！
それも、結構な規模の群れだ。
灰色の魚体が、何十匹も規則正しく並んで泳いでいる。
「カッ！」
これはチャンスだわッ！
すぐさま竿を動かして、仕掛けの場所を魚たちの居る方向へと動かす。
すると……腹立たしいことに、魚たちは近づいてきた針をプイッと避けた。
一斉にそっぽを向いてしまう。
何匹かの魚が、こちらをちらりと振り返った。
その目つきと来たら、憎たらしいことこの上ない！

こいつら……魚の癖に、私のことを馬鹿にしているわねッ！

こんなダンジョンに住んでるのに、釣りのことを知ってるんだわッ！

「スー……ッ！」

こうなったらただじゃすまさないわよ、この魚どもめ……ッ！

よーし、全部まとめて一網打尽にしてやる！

釣りはやめ、網で漁よ！

いったん森に入って、材料となるツタをまとめて調達してくる。

あとはこれを編んで、網を作ればいいわね！

うーん、意外と難しいわねッ！

編み物とかは苦手なのよ……。

ここを入れ込んで、こうしてっと。

不格好だけど、何とかできたかな？

自分をすっぽり包めるほどの網を広げて、ふうっと一息つく。

ツタで作ったから柔軟性に難ありだけど、目は小さめにしたから、魚が逃げちゃうことはなさそうだ。

「カッ！」

あとは、これを湖にぶん投げれば……！

歴戦の漁師よろしく、魚の集まる場所を見極める。
水面が光るのを確認した私は、そこに向かって思いっ切り網を投げた。
お、あそこだッ！
——ヒュルヒュルヒュル！
緩やかに回転した網は、広がりながら水へと落ちる。
大きな波が立ち、それに続くようにしてザバザバとさざめきが起きた。
かかったッ！
すぐさま網を手繰《たぐ》り寄せ、岸に上げようとする。
だが、重い。
中の魚たちが激しく抵抗し、私を水中に引きずり込もうとする。
「カッ……！」
マズイ、このままだと体が持っていかれるッ！
体重が軽すぎることが災いして、踏ん張りがきかない。
足が地面を滑り、やがてつま先が水に入る。
おわッ！
ここで一気に、網が引っ張られた。
バランスを崩してしまった私は、そのまま湖面に落ちてしまう。

網がたわみ、締まっていた入口が広がった。

そこから一斉に魚があふれ出し、こちらに向かって殺到してくる。

「カカカッ！」

こいつら、よく見たら牙があるッ！

近づいてくる魚たちの姿を見て、私はようやくこいつらがただの魚ではないことに気づいた。

ちっちゃいけど、これはモンスターだ！

道理でただの魚にしては、やけに知恵が回ると思った！

こいつらきっと、集団で水辺の獣を襲って食べちゃうモンスターなんだわ！

ヤバい、私も早く逃げないと骨だけにされちゃう……って！

もうすでに骨だけじゃないッ！

「ギョッ!?」

私の身体に噛みついた魚が、すぐさま悲鳴染みた唸りを上げた。

ふ、今の私の硬さを舐めてはいけない！

しょっぱい魚型モンスターの牙なんぞより、よっぽど頑丈なのだ。

こいつらめ、よくも私を襲ってくれたわね！

もうこうなったら、手づかみだッ！

群がる魚どもを思いっきり殴って気絶させると、その尾を持って岸へと投げる。

殴っては投げて、殴っては投げて。
普通の魚ならすぐに逃げ出すところなんだろうけど、こいつらは凶暴なモンスターだ。
味方が次々とやられても、構わずに突っ込んでくる。
……なるほど、最初っから私自身が疑似餌になればよかったのか！
まさに灯台下暗し、思わぬ盲点という奴である。
「スー！」
群れをあらかた退治したところで、岸に身を上げる。
そこでブルブルっと子犬のように身を震わせると、纏っていたぼろきれを脱いだ。
あーあ、身体がびしょ濡れだわ！
このままで風邪は引かないけど、気分がちょっと悪いわね。
日光浴でもして、身体を綺麗に乾かしましょうか。
魚たちをひとまず建設途中の家に入れると、岸辺の砂浜に寝転がる。
んー、たまにはこういうのもいいわね！
太陽が不死族の身体にもたらす気だるさが、この場に限っては気持ちよい。
お昼寝するには最高の気分だ。
両手両足を投げだし、気持ちよく体を伸ばす。
「スースー……カッ！」

おっと、眠りすぎちゃったかな?
目を覚ますと、身体はすっかり乾いていた。
水も滴《したた》るいい女とは言うけど、骨はやっぱり乾いていた方がいいわね。
じっとりしてるのは、元人間としてちょっと落ち着かない。
さあって、おうちに戻ってお魚を食べようかしら!
あの物騒な肉食魚どもでも、お刺身にすれば美味しくなるかもしれない。
焼き魚もいいかも。
塩がないのが残念だけど、そこは果汁で我慢すれば良さそうだ。
うーん、いっそ両方作って……。
そんなことを考えながら家に戻ると……大変なことになっていた!
「カカカッ!」
お魚が、お魚が暴れてるッ!
殴って気絶状態にしておいたはずの魚が、いつの間にかすっかり目覚めていた。
そして元気よくそこらを跳ねまわり、手あたり次第に噛みついている。
おまけに酸欠で、完全に錯乱してしまっているらしい。
材木だろうが地面だろうが、もはやお構いなしだ。
やめて、このままじゃ家がボロボロになるッ!

牙にえぐられた柱を見て、身体が強張《こわば》る。
この魚どもめ、陸に上がってまで暴れるんじゃないッ!!
「カカッ!」
おりゃ、うりゃッ!
落ちていた材木を手にした私は、跳ねまわる魚を次々と滅多打ちにした。
しかし、敵もさるもの。
先ほどとは違って四方八方へと跳ねているので、なかなか当たらない。
ええい、大人しくしなさいッ!
うっとうしいわよッ!
材木をぶんぶん振り回し、大捕り物を繰り広げる。
やがて、家の柱から嫌な音がした。
それと同時に、床が軋みを上げて傾く。
「カカッ!?」
ああ、家が!
私の家がッ!!
ジタバタと暴れすぎたせいで、柱が倒れてしまった。
それに続いて、床までもが傾いてしまう。

やがてグオングオンと地鳴りのような音がして、土台が崩れた。
こ、工事の仕方が甘かったか……！
崩壊していく家からかろうじて脱出すると、歯ぎしりをする。
もう、全部作り直しじゃないッ！
「カカッ！」
こうなったのも、すべてあの魚どもが悪いのよ！
ええい、この恨みは必ず晴らしてやるわ！
そう思って周囲を見渡すと、魚たちの姿はすでになかった。
は、まさかッ！
慌てて湖を覗き込むと、そこにはいやらしくウィンクをする魚たちがいた。
こいつら、とことん私を舐め腐ってからにーッ！
もういいわよ、魚よりもっと美味しいものを食べるんだから！
そうね、カニとか海老とか！
「カーーッ!!!!」
渾身の叫び。
魚介類への満たされぬ欲望に、身を震わせる。
たまには、たまにはお肉以外が食べたかったのにッ！

あの魚めェ……！

この悔しさと欲求不満が、後に私をある巨大生物へと駆り立てることになるのだけど……それはまた、別のお話だった――。

あとがき

初めまして、kimimaroです。

初めてではないという方は、いつも応援ありがとうございます。

この『最弱骨少女は進化したい！』は、古き良き異世界ファンタジーに回帰しようとして書き上げた作品です。九十年代前後に流行った感じを意識した、と言ったところでしょうか。最近のライトノベルですとクール系や悟り系――主人公というより、若者の世代分類みたいです――の主人公が多いのですが、そこを思い切ってパワーに溢れる昔ながらの主人公にしてみようかと。

こうして産まれたのがシース・アルバランです。今でこそ可愛くて仄かな色香すら漂わせる彼女なのですが、当初の予定だと男でした。その名もジーク・アルバラン。昭和のロボットアニメにでも登場しそうな、厳つい感じの名前です。容姿も、全盛期のシュワルツネッガーでイメージしていました。そう、最弱骨少女はオッサンスケルトンが「うおおおッ！」っと渋い声で叫びながらサバイバルする話だったのです！

それがどうして、現在の美少女冒険ものに至ったのかと申しますと。簡単に言うならば、オッサンが一人でサバイバルするという話のむさ苦しさに、私自身が耐えられなかったのです。ラノベを書く上で大切なのは想像力、もとい妄想力です。オッサンサバイバルだけで妄想を広げるのは……ちょっと無理でした。やっぱり美少女は大事です。読者サービスもそうですが、作者のモチベーションの的にも。でも、本作でヒロインをはじめから出すのは話の構造上難しいものがありました。また、安易なハーレム路線というのもいかがなものかと。

そこで私は思いつきます。主人公を美少女にすれば、ヒロイン不在でも潤いたっぷりになると！　ジークがシースへと生まれ変わることになった瞬間です。再設定にあたって当初の設定はほとんど消滅、もしくは女の子らしく変更しました。ですが、今でも何となく男前な性格をしているのには、熱血志向だっただけではなくこういう経緯があったりします。彼女のスタイルが女の子らしいのも、私の趣味ではなく残った男らしさを打ち消すためだったりとか、そうでなかったりとか……！

……こほん、気を取り直しまして。すったもんだの挙句に女の子として誕生したシースですが、私の予想以上に人気のあるキャラクターとなりました。ＷＥＢ版の読者様からは、ありあまる行動力とタフ過ぎるメンタリティが良いともっぱらの評判です。実は、この部分についてはオッサンだった頃の名残が大きいのですが……世の中、何が幸いするか分かりません。

もし、シースを最初から女の子として設定していたなら、もっとお淑やかになっていたと思います。お嬢様キャラがマイブームなので、語尾が「ですわ！」になっていたかも知れません。幼女キャラとして「はわわ！　あわわ！」と大騒ぎしていたかも知れないです。はたまた、健気な少女キャラとして故郷に残した幼馴染のことを思い、顔を赤くしていた……かも。いずれにしろ、現在のシースとはまるで違うキャラクターになっていたことでしょう。

もし、シースが今と違うお淑やかなキャラクターになっていたら、最弱骨少女の人気はなかったかも知れません。そうなっていれば、当然ですがこうして書籍化することもなかったでしょう。人間万事塞翁が馬と申しますか、何やら不思議なものを感じます。人生というのは、こうした幸運や偶然の積み重ねで成り立っているのかもしれません。

思えば、この最弱骨少女という作品は他にも様々な幸運に恵まれていたと思います。その中でも一番大きかったのは、今の担当編集氏や編集部と出会えたことでしょう。最初に送られてきた書籍化打診のメールを見ただけで、作品に対する熱を感じられました。そのあとに直接電話でお話したのですが、この時もまた凄かった。一度電話を切った後で、作品の魅力を全然語れていなかったと言って掛け直してこられたのですよね！　これをやられてしまうと、作家としてはこの編集者さんに任せるしかないなと思うわけでありまして。

担当編集氏には、書籍化に当たって大変な尽力を頂きました。あまり余裕のないスケジュールでしたので、苦労はひとしおだったと思います。ここに謹んで謝辞を申し上げます。また、素晴らしいイラストの数々を仕上げて下さったイラストレーターのフミオ氏にも感謝です。日数がない中でも頑張っていただき、本当にありがとうございました。

その他、この本の出版に携わった多くの人々に感謝を。皆様のお力が無ければ、本を出すことは出来ませんでした。著者として、お礼申し上げます。

平成二十九年一月　kimimaro

おつかれさまでした。
スケルトン描くの
楽しかったです。　フミオ

小説家になろう
43万作品の
年間ランキング
第2位!
続々重版!

日本の女子高生・海里《みさと》が、異世界の子爵家長女(10歳)に転生!?
出来が良過ぎたために不自由だった海里は、
今度こそ平凡な人生を望むのだが……神様の手抜き(?)で、
魔力も力も人の6800倍という超人になってしまう!
普通の女の子になりたい
マイル《海里》の大活躍が始まる!
FUNA
Illustration 亜方逸樹
God bless me?
私、能力は平均値でって言ったよね!
①~③巻、大好評発売中!

最弱骨少女は進化したい！
1　強くなれるならゾンビだってかじる！

発行 ―――― 2017年2月15日　初版第1刷発行

著者 ―――― kimimaro

イラストレーター ―――― フミオ

装丁デザイン ―――― 百足屋ユウコ＋石田 隆（ムシカゴグラフィクス）

発行者 ―――― 幕内和博

編集 ―――― 筒井さやか

発行所 ―――― 株式会社 アース・スター エンターテイメント
〒107-0052　東京都港区赤坂 2-14-5
Daiwa 赤坂ビル 5F
TEL ：03-5561-7630
FAX：03-5561-7632
http://www.es-novel.jp/

発売所 ―――― 株式会社 泰文堂
〒108-0075　東京都港区港南 2-16-8
ストーリア品川 17F
TEL：03-6712-0333

印刷・製本 ―――― 中央精版印刷株式会社

ISBN 978-4-8030-1001-5